「なにすんのよーっ！」
お気に入りの服だったのに！
イリィがプラムに飛びかかった。
イリィの鋭い爪がプラムを狙う。
服がびりびりと破けて、プラムの豊満な胸が露になった。
きいいぃぃぃ――とプラムが甲高い悲鳴を上げる。

Contents

ダッシュエックス文庫

モンスター娘のお医者さん9

折口 良乃

プロローグ　季節外れの熱波

グレン・リトバイトが、里帰りから戻ってしばらく経《た》った。

暦《こよみ》の上の季節は、春真っただ中——であるのだが、グレンはむしろ辟易《へきえき》していた。理由は、毎日のように続く季節外れの熱波である。

「あつぃー」「あつー」

「いやぁ、暑いねぇ……」

グレンは苦笑してしまう。

妖精たちも暑さは苦手のようだった。気温もそうだが、湿度が尋常《じんじょう》ではない。寒冷な地域であるリンド・ヴルムにおいては、異常事態と言っていい。

不快指数の高いこの暑さは、故郷の夏を思い出す。

「先生、だらだらしない——心を新たに頑張る、と決めたばかりでしょう?」

「あ、うん……そうだね」

グレンは、診療所の机に置いてある手紙を、ちらりと見る。

リトバイト診療所を再開してから今までの間に、グレンにとって大きな出来事が、いくつかあった。まずは、人間領での法改正――ソーエンの手による大改革である。

『鬼変病《きへんびょう》』の患者のみならず、人間領のあちこちで隠れ住んでいた魔族の存在が公式に認められ、人間と同様の存在として扱われることになった。細かい法整備はまだまだのようだが、ソーエンが先頭に立って進めている。

そしてその結果、ソーエンとサキが結婚することになった。

グレンの手元にある手紙は、その報告である。式に呼ぶこともせず、素《そ》っ気《け》ない手紙で済ませるあたりが、いかにもソーエンらしい。

そして、この手紙には、もう一つ大きな贈り物がくっついていた。

「……借金も返したし、白衣も新しく作ってもらったからね。これからは中央病院の後援のない、正真正銘《しょうしんしょうめい》の独《ひと》り立ち――だね」

「ええ。アラーニャが丁寧《ていねい》に作ってくれました」

サーフェがにょろりと上体を回転させる。

彼女の着ているものは、今までの看護服とは少し違って、大人らしい装いとなっている。遮《しゃ》光《こう》インナーはそのままに、全体のシルエットがちょっと変化していた。

看護服についている、医療従事者のマークも変わっている。

「リトバイト診療所の紋章《もんしょう》ですからね」

「うん——そうだね。これで僕も、本当に自分の病院を持ったんだ……」

「夢が叶《かな》いましたね、先生」

サーフェは微笑《ほほえ》む。

サーフェと同様、グレンもまた装いを変えていた。動きやすいひざ丈《たけ》のズボンはやめ、長丈《ながたけ》のスラックス。上も大人びたシャツに、白衣をまとっている。袖《そで》に通した腕章《わんしょう》にもまた、新しい紋章が描かれている。

「——それもこれも、兄さんがお金を押しつけてきたせいだけどね」

「先生の診察……臨床《りんしょう》記録が認められたのだからいいではありませんか」

「いや、それはそうだけど……売買するなら一言伝えてほしいな」

「そこはまあソーエンですし」

ソーエンは、グレンの診療記録——スィウの『鬼変病』を診察した際の記録を買い取った。

売ったのは師であるクトゥリフである。実際にどのような取引だったのかは謎だが、ソーエンは随分《ずいぶん》高値で記録を買いとったらしい。あるいはクトゥリフが吹っかけたのか。その記録を元にした、クトゥリフによる論文までついていたらしい。

その記録には、グレンの父まで目を通していた。

結果としてそれは人間領の制度を大きく変化させ、ソーエンはサキと結婚するという目的を果たした——ソーエンにとっては安い買い物だったのかもしれないが。

グレンの診療記録によって、東の制度が大きく変わったことになる。

そこまでは、グレンも東から帰る時には大方《おおかた》知っていたのだが——なんとその謝礼として、ソーエンは多額の手形を送りつけてきた。

金貨にしておよそ三千枚である。

「なにも言わずに送りつけるにしては、とんでもない額だから……」

「私とグレン先生に対する、ソーエンのご祝儀のようなものでは？」

「いや多すぎるよ！」

突然、大金を手に入れてしまったグレンが、なにをしたかというと。

まず、毒水《どくみず》事件によって生じた借金、中央議会、中央病院、農園からそれぞれ借りていたお金を、全《すべ》て返済した。それでもかなり余ったので、制服を一新。更《さら》に、診療所独自の紋章を新たに議会に登録した——。

これにより、中央病院の後援ありきだった診療所は、グレン・リトバイトが経営する、完全に独立した診療所となったのだ。

「これからはクトゥリフ先生に頼ってばかりもいられない。もちろん、多少の情報共有は必要だけど……僕たちだけで、しっかり診療所を経営していかないと」

「そうですね。それにこれで、やっと誰の邪魔もなく、グレン先生と結婚……！」

サーフェがふふふ、と笑う。気持ちも高揚して、彼女の尻尾《しっぽ》も思わず高く持ち上げられている。

晴れて独立したグレン。懸案《けんあん》であった借金も返済し、もはや婚約しているサーフェとの関係を隔《へだ》てるものはない。

開業時は二人の関係を進展させないよう言い含めていたクトゥリフも、今ではかなり態度を軟化《なんか》させている。独立したグレンの結婚をどうこう言う気はないだろう。

独立経営となったことで、経理仕事なども増えているのだが——サーフェは増えた仕事を鮮やかにこなしながら、結婚式の手配も進めていた。

「やる気だね、サーフェ」

「挙式の件は私に任せてくださいね。先生には今の仕事をこなしてもらわないと——猛暑で体調を崩《くず》す方も増えています。やることは山ほどありますよ」

「うん——頑張るよ」

未来の夫として、雑事を妻任せというのは忸怩《じくじ》たる思いだが。

今年の春は異常な気象であった。とにかく暑い。サーフェがいつもより活動的なのは、変温性なのも関係しているだろう。

ラミアのような変温性魔族はともかく、体毛のある獣人《じゅうじん》、汗《あせ》をかきがちなケンタウロスにこの暑さは致命的だ。診療所でも急遽《きゅうきょ》、レモン水を冷やした樽《たる》を用意して、誰でも休憩《きゅうけい》に立ち寄れるようにしている。

「忙しくなりそうだね」

「そうですね、でも、二人なら乗り越えられます——そう、結婚式のために！」

サーフェの頭はもう、二人の挙式のことで一杯のようだった。

グレンは苦笑しながらも、早速《さっそく》書類仕事に戻るのだった。


「そうそう、ちょっと毛色の違う仕事が来ていますよ。議会から」

「ああ、早速だね」

グレンは頷《うなず》く。

リトバイト診療所はもはや、中央病院から独立した。サーフェは『無茶ぶり』などと揶揄《やゆ》したが、クトゥリフが今まで診療所に仕事を回してくれていたのは、仕事量を調節しつつグレンに適切な経験を積ませるためである。

クトゥリフの仲介《ちゅうかい》がなくなれば。

たとえば議会から、遠慮なしの難しい仕事が来ることも考えられる。

「人間領大使の話は、聞いていますか？」

「ああ、スィウから聞いてるよ。人間領との交流のために、リンド・ヴルムから大使を選出する……だっけ？」

「そうですね。そこで、大使候補となる少女たちの健康診断をお願いしたいそうです。人間領への長旅に耐えられるかどうかを診《み》てほしい。それもまた選出の材料にする、と」

グレンは頷いた。

人間領の制度が変わったことにより、人魔の交流は、これまでより広がる。

そこで、両者の間にある街リンド・ヴルムから、年頃《としごろ》の少女を選出して人間領を観光させることになったのだ。

制度が変わってもまだまだ、人が魔族を見る目は変わらない――しかし魔族の代表が遊びに行けば、考え方も少しは変わるだろう、とのことだった。

「大使二名のうち、一人はスィウに決まっています。私たちが診察するのは、未《いま》だ議論中の魔族の候補たちですね」

スィウ・リトバイト。

元々、人間領の出身であり、偏見《へんけん》の強かった『鬼変病』患者であることから、鬼という存在を広く知ってもらうのに適任だ、という判断だ。

そしてもう一人――スィウと仲の良い魔族を代表にして、共に人間領に行ってもらおう、という話だ。

「一応、候補は出揃《でそろ》っていて、最終的には住民投票で決まるらしいですが……」

「あ、もうそこまで決まっているんだね」

「はい。水路街の支持のあるルララ、運送から応援されているイリィ、工房の紅一点《こういってん》メメが候補だったかと」

皆、グレンの知る少女たちだ。

スィウとも歳《とし》が近い。いつも街を回っているスィウなので、交流もあるかもしれない。

「あとは……メルドラク卿《きょう》が強引に候補に入れたプラムも」

サーフェが苦笑している。

吸血鬼の少女プラム。グレンの血を狙《ねら》っているフシもある。議会に影響力を持つメルドラク卿の推薦《すいせん》を、誰も退《しりぞ》けられなかったらしい。

「わかったよ。順番に診察しに行こうか。人間領は遠いしね」

なにしろグレン自身が、里帰りしたばかりだ。

長旅の辛《つら》さは身に染《し》みている。魔族を代表する大使に、万が一のことがあってはならない。

なにより、せっかく人間領に行くのだ。

体調を気にせず、楽しい旅にしてもらいたかった。

「はい先生――よい結婚式にするためにも、仕事を完璧《かんぺき》にこなさなくては！」

「も、燃えてるね」

サーフェはいつもより熱血であった。

やはり暑さが理由だろうか。

「さ、それじゃ今日の診療を……」

「せ、先生ッ！　せんせーっ！」

始めようと言おうとしたところで。

休診の札《ふだ》に構わず、待合室に飛び込んでくる者があった。大きな一つ目——職人のメメであった。

今まさに、話題にあがっていた少女の一人である。

「た、た、大変なのよぉ！」

「メメ？　どうしたの？」

「ケンカが……広場でケンカが始まってて……！」

メメはその大きな目を左右にさまよわせている。

「こ、このままじゃ二人とも大怪我《けが》しちゃいそうなの！　助けて！」

「誰がケンカしてるの？」

グレンが聞いた。

すぐに妖精たちが緊急事態を察知《さっち》して、医療バッグに必要なものを詰め込んだ。それを肩か
らかけて、グレンは外に出る準備を整える。

「そ、それが……イリィと、プラムで！」

「っ」

「とにかく早く来て！　もう二人とも、ぎゃいぎゃいわぁわぁ大変なのよぉ！」

ただならぬメメの様子に。
グレンとサーフェは顔を見合わせて、互いに頷いた。

——季節外れに暑い、春。
独立しても診療所は変わらず、忙しくなりそうだった。

症例1　日焼けのマーメイド

「へ!?　人間領に行く？　誰が？」

「貴女《あなた》ですわよ、イリィ」

それは、『スキュテイアー運送』の本部でのこと。

配達人としていつものように、その日配るべき荷物を受け取っていたイリィは、商会の令嬢――彼女が『お嬢』と呼ぶティサリアから、そんな話を聞いた。

「人間領との友好のため、リンド・ヴルムから派遣《はけん》される大使……イリィ？　貴女が候補にあがっているの。しかも最有力ですのよ？」

「はあ？　大使って……なんでアタシ？」

イリィは手紙の入ったカバンを肩にかけながら、言う。

もうまったく理解が及ばない、という顔になっていた。

「人気ならルララのほうがあるじゃんかー。なんでアタシなんだよー！」

「あら、街をあれだけ飛び回っているのですから……今やイリィの顔は知らない人の方が珍《めず》らしいのよ？　毎日元気に配達してくれたら、誰だって好感を持ちますわ」

「いや、人気取りのためにやってるんじゃねーし……それに、『スキュテイアー運送』の顔ならお嬢のほうだろ！」

「スィウと歳《とし》の近い子がいいんですって。イリィは丁度《ちょうど》同い歳くらいでしょう？」

「うう……ならケイ姉とかローナ姉……もダメか」

イリィの冠羽《かんう》がぴこぴこと動く。

表情からして、気が乗らない様子だった。

「でも、お嬢だって知ってるだろー？　アタシが人間に何をされたか……配達するだけならともかく、人間領に遊びに行く気になんてならねーよ！」

「だからこそですわ」

ティサリアは、姉のような顔で。

「人間に良い感情を持ってないのは当然――ならなおさら、貴女は人間領のことを知るべきではないかしら？　ここは人と魔族の住む街。これから交流が増えれば、人間嫌いのままでは生きづらくなりますわ」

「うっ……」

「人間が悪い人ばかりでないのは、もう知っているはずでしょう」

「うう……そ、そうだけど」

　イリィは目を逸《そ》らす。

　例《たと》えば診療所のグレンには、イリィも大いに世話になっている。元人間であるスィウも同年代だ。街を忙しく回る者同士、話したことくらいはある。

　だが、それはそれ。

　同族の少女たちと共に捕らわれて、卵を産まされていたイリィとしては、人間に対する不信感をそう簡単にぬぐい去ることはできない。

「ともかく、商会としてはイリィを推薦《すいせん》しますので――イリィも心の準備をしておいてね」

「あっ、配達の時間！　もう行かなきゃ！」

　イリィは配達カバンを抱えて走り出す。

「ちょっとイリィ、まだ話は――」

「配達しなきゃだろー？　後で聞くってて！」

　イリィは商会本部を出るやいなや、空に飛び立っていく。話を聞きたくないのは明らかであった。

　ティサリアは嘆息《たんそく》する。

「まったくもう、あの子ったら――」

　やれやれと息を吐いてから。

　しかしティサリア自身、母に結婚を急《せ》かされるなど、自分が嫌な話になるとすぐ逃げだしていたのを思い出した。

「わたくし、母に似てきたかしら……」

ハーピーの里で出会ってから、イリィのことは放ってはおけない。

人間領に行きたくない気持ちもわかる。ティサリアはせめて押しつけがましくならないようにしようと、心に決めるのであった。


「……ってなことがあってさー」

日中。

季節外れの暑さのせいか、中央広場の人気《ひとけ》は少ない。イリィは噴水《ふんすい》のへりに腰かけて、友達であるルララに、今朝のことを話していた。

「あー、ボクも来たよ。人間領へ行く話」

「投票で決めるとか聞いたけど、それならどうせルララが優勝だろ？　アタシなんか選ばれないって」

「うーん、それはどうかなー」

ルララは意味深に笑う。

ティサリアも言った通り――イリィの認知度は街の中でも相当なものだ。イリィ本人には、その自覚はないようだが。

「っていうか、ボクもあんまり人間領行きたくないんだよね。ついこないだ行ったばかりだし……なんか、東の方では人魚を食べるとか言われてさー」

「食べるの!?　怖《こえ》ぇーっ！　絶対行きたくねぇーっ！」

イリィは羽をぶるぶる震わせた。

断片的な情報によって人間領への恐怖が、イリィの中でどんどん広がっていく――イリィは誤魔化《ごまか》すように、ちらりと噴水の反対側を見た。

そこにはちょこんと、単眼《たんがん》の少女が座っている。

「そうだ、メメも行くかもしれねーんだろ？　そこんとこどうなの？」

「ひぃぃっ!?　話題に入りたくなくて気配消してたのにぃ！」

「いや話に入れよ……」

イリィが呆《あき》れていた。

ルララ、イリィともまた、歳の近い少女メメ――イリィは彼女の大きな単眼が苦手であるが、メメ本人を嫌っているわけではなかった。

メメは気が弱くて面倒《めんどう》くさい性格であるが、決して悪い少女でないのはわかっている。むしろ常《つね》に他者の視線を気にするメメは、大雑把《おおざっぱ》なイリィからすれば『優しい子』という印象だ。

「べ、別に……私、どうせ大使になんて選ばれないし。ていうか選ばれたら緊張で死ぬから辞退するし……」

「いやメメちゃんも結構人気あるって聞いてるけど」

噴水のへりに体を乗せながら、ルララが言う。

「ひぃぃぃぃ～～、め、目立つのなんて無理よぉぉぉ～～」

「まぁ、そうだよな。アタシら、ルララみたいな歌姫じゃねーし。いきなり大使とか言われてもわけわかんねー」

「ボクもただ歌ってるだけだよ？」

ルララは苦笑しながらも、話を続け――。

「でも、イリィだって可愛《かわい》いんだからさ。たとえばメメちゃんのお店でアクセサリー買ったり、アラーニャさんのオシャレな服を着たりしたら、もっともっと人気でるかもよ？」

「アクセぇ？　オシャレぇ？」

イリィは想像できない、とばかりに、自分の翼でかりかりと頬《ほお》を掻《か》いた。

「いや、そういうのいーよ、アタシ……似合うタイプじゃないから」

「えー？」

「ていうか、アタシにはこの翼があるからな！　アクセとか要《い》らねーし。この羽があれば十分だっての！　着飾る必要とかなーし！」

ばさ、とイリィは翼を広げて得意げな顔。

しかしそれを見たメメが、ずううんと真っ黒なオーラを発し始める。

「そ、そうよね……どうせ私の作るアクセサリーなんて要らないわよね……知ってた知ってた最初からわかってたわぶつぶつぶつ……」

「あーもう、そんなこと言ってねーだろ!?　機嫌直せよぉ」

落ち込み始めたメメに、イリィが声をかける。

イリィにしては優しい態度ではあったが、やはりまだメメの目が怖いのか、真正面から目を合わせることはしなかった。

「なんかもう仲良いのか悪いのかわかんないね、二人って」

「いやお前もフォローしろっ」

「メメちゃんほらほら機嫌直して？　もうすぐボクの歌の時間だから」

などと話していると――。

そんな三人娘へ近づく影があった。日差しが強いためか、この暑さにも拘《かか》わらずコートを着込み、色眼鏡《いろめがね》をつけている。コウモリの翼をもつ独特のシルエット。

「ねぇ」

「？」

声をかけられて、メメに気をとられていたイリィが振り向く。

コートを脱ぐと、その下からコウモリの翼が現れた。

「さっきから聞いてればさぁ――アンタ一体、なんなわけ？　ムカつくことばっか言ってんじゃないし?」

「はぁ?　お前誰だよ?」

色眼鏡を外し。

金髪のその少女は、鋭い瞳《ひとみ》でイリィを貫《つらぬ》いた。ケンカ腰のその表情に、イリィも自然と顔つきが険《けわ》しくなる。

リンド・ヴルムでだいぶ丸くなったとはいえ、血気盛んなイリィの性格はなかなか変わるものではなかった。

「あーしはプラム。吸血鬼のプラム」

「吸血鬼……?　ああ、墓場街の。吸血鬼のお嬢様が気に障《さわ》るようなこと言った覚えはねーけどな?」

「言ってるっしょ!」

プラムはきっとイリィを睨《にら》み。

「自前の羽で十分――だなんて、他の大使候補舐《な》めすぎっしょ!　あーしやルララちゃんがどんだけ普段の見た目に苦労してると思ってんの!　メメっちがどんな思いでアクセサリー作ってくれてると思ってんの!」

「はー、あー……?　お前も大使候補なの?」

「もち♪　なんかウチのパパがぁ、『人間領との懸《か》け橋になるのは我が娘こそ相応《ふさわ》しい』とか言ってぇ……ゴーインに名前書いたらしいんだよね。ま、やるからには他の候補に負けるつもりはないし？」

「へーぇ、ふーん？」

イリィは興味なさそうであった。

そもそも彼女は人間領に行きたいわけではない。得意げに自慢するプラムの言葉もどうでもよかった。

「じゃあお前が行ってこいよ。アタシは辞退するから」

「あーっそ♪　負けるの怖いんだぁ？　さっきは翼があるから着飾らなくてもいいって言ってたのに」

「はあ？　それとこれとは関係ないだろ！」

「あるんだっての！」

プラムは牙《きば》を剝《む》きだして。

「いーい？　大使は、住民の投票によって決まるの。つまり大使になるのは街で一番の人気者……一番カワイイ子ってわけ。この理屈、ちゃんとわかってる？」

「いやそうはならないだろ！」

「なるの。みんな見た目で判断するから、キレイな子に入れたがる。大体――アンタだってその羽があるから、自分がキレイだと思ってるんでしょ」

「それは――」

プラムはふふんと鼻を鳴らした。

メメはひたすらあわあわして慌《あわ》てていた。

目をさまよわせている。顔見知りの二人が険悪になっていくこの状況に、大きな
「まあ、辞退するならそれでいいけど――」

プラムはぐいっと。

コウモリの翼で、メメの肩を引き寄せた。

「その時はあーしの魅力と、メメっちのアクセに負けた……ってことでいいよね？」

「えっ？　え……うぇぇぇ!?」

「あーメメ！　お前もそっち側かよ！」

友達と思っていたサイクロプスの反応に、イリィが喚《わめ》いた。

メメはぶるぶると首を振る。

「ど、どっち側とかないし……と、とにかくケンカしないでよぉ！」

「いーのいーの。あんな負けハーピー放っておけば。翼自慢してたくせに、あーしに勝てないんだって。あーあ、カワイソ！」

「はぁぁぁ……!?」

イリィの冠羽が、怒りでぴこん！　と天を指した。

「お前みたいにじゃらじゃらしてるヤツが選ばれるとは思えないけどな！」

「はあ？　人間領行きたくないって言ってたじゃん！」

「行きたくないけど、お前に負けるのも気にくわねー！　初対面のくせに失礼すぎるだろーが！」

かつて恩人をヤブ医者呼ばわりしたイリィであるが、それは都合よく棚《たな》に上げた。

「行きたくないなら、アンタはリンド・ヴルムで縮《ちぢ》こまってればいいでしょー？　怖がりの小鳥ちゃん！」

「——さっきから聞いてれば！」

イリィがプラムに飛びかかった。

イリィの鋭い爪《つめ》がプラムを狙《ねら》う。服がびりびりと破けて、プラムの豊満な胸が露《あらわ》になった。

きいいぃぃい——とプラムが甲高《かんだか》い悲鳴を上げる。

「なにすんのよーっ！　お気に入りの服だったのに！」

「うるせーっ！　お前こそアタシの羽をバカにしたの謝れよ！」

「羽がちょっとキレイだからって調子に乗って、自分磨《みが》き怠《おこた》ってるヤツが何言ってんのよ！」

プラムもまた、翼爪《よくそう》で反撃を始める。爪がイリィの顔をかすめて、赤い線が一筋、イリィの顔に走った。

「このやろーっ！」

「きぃぃぃいっ！」

「ぴぃぃぃぃぃ――――ッ！」

　プラムが甲高い声を。イリィが鳥のような声をあげる。

　そのまま広場に転がる二人。鳥の爪と、コウモリの爪が互いに応酬《おうしゅう》し、引《ひ》っ掻《か》き傷はどんどん増えていく。

　暴れる度《たび》にイリィの羽毛が舞っていった。その様《さま》は美しいが、当のイリィにとっては自慢の羽が抜けるのは我慢《がまん》ならないだろう。

　とはいえ、二人とも一応加減はしているようで、細かい引っ掻き傷はできていくが、致命的な傷はなかった。その代わりに、服のあちこちが破れてしまう。引っ掻き傷と共に肌《はだ》が次第《しだい》に露になる二人だった。

　白熱した二人は周囲の目にも気づいていない。

「は、は、はあわわわわッ、ど、どうしたら……」

　メメが涙目になって震える。

「あーもう、しょーがないなー」

　ルララは呆れた様子で、二人を見る。いよいよプラムがイリィに噛《か》みつき始めた。

「いってぇぇ――――ッ！　どこ噛んでんだよ！」

　イリィの絶叫が中央広場に響き渡った。

「メメちゃん、グレン先生呼んできてくれる？　大怪我《けが》する前に止めないと」

「わ、わかったっ……でも、止めるってどうするの？」

「こうするんだよっ！　んしょ――っと」

ルララは噴水に手を沈めて。

合わせた手から、爆発的な水流を生み出した。互いに気をとられていた二人は、かつて奴隷《どれい》商の首領も打倒したその水流に為《な》す術《すべ》もない。

「えっ」

「ひゃっ！」

ハーピーとヴァンパイアの悲鳴も、水の流れにかき消される。

「――もう、いい加減、頭を冷やしてね、二人とも！」

ルララは呆れた様子で、水びたしになって倒れた二人を見下ろすのであった。


「――で、なんでケンカなんてしたんだい？」

「ぶすっ」

「むぅ……」

そして、リトバイト診療所。

頭から水をかけられ、びしょ濡《ぬ》れになったイリィとプラムは、グレンの質問にも頬を膨《ふく》らませたまま。

妖精たちが用意した布で体を拭《ふ》いているが、答えようとしなかった。

「爪も牙も危ないからね、やたらと使っちゃダメだよ」

グレンは手早くイリィの傷を手当していく。切り傷や嚙み傷を消毒してから、軟膏《なんこう》を塗り、ガーゼを貼《は》っていく。

「……うー、ごめんなさい」

イリィはまだ納得してない風であったが、ひとまずそう返す。

「…………」

プラムは明後日《あさって》の方向を向いてつまらなそうな顔をしていた。

「おい、お前も謝れよ」

「は？　あーし何にも悪いことしてないし」

「迷惑かけた先生に謝るんだよ！」

「謝るけど、アンタにそんなこと言われる筋合いなくない!?」

「はいはいそこまで！」

診療所でも、また言い合いになりそうだったので、グレンが慌てて止める。さすがにグレンを巻き込むのは筋《すじ》が違うと思ったから、二人とも押し黙った。

「メメがさっきから心配してるからね。ほどほどにしなよ、二人とも」

「うううあううう～～～……」

もはや半泣きのメメが、どっちの味方をすればいいのかわからず、またもやその瞳をさまよわせていた。

メメが飛び込んできたときは何事かと思ったグレンであるが――ほどなく、傷だらけでびしょ濡れのイリィとプラムがやってきた。互いに顔を合わせたくないといわんばかりの態度である。

（参ったな……）

原因を聞きたいが、この様子では話してくれないだろう。

大使候補の健康診断を依頼された直後に、この騒動《そうどう》である。

（やっぱり大使選びのことでなにかあったのかな？）

プラムはともかく――イリィは人間にされたことを考えれば、トラウマになっていてもおかしくはない。

どうせ診療所に来たんだから、ついでに健康診断――などと言い出せる空気ではなかった。

グレンはため息をつきながら。

「とりあえず二人とも、軽い傷ばかりだから……応急手当はしておいたよ。ケンカにしても、つかみ合いはやめようね」

「はーい……」

「わかったよ、せんせー」

グレンの前では存外《ぞんがい》素直だ。

だが、同時に声を発したことで、イリィとプラムが互いに睨み合う。やはりどうしても相容《あいい》れないものがあるらしい。

（これは——どうしたらいいんだろう）

年頃の少女のケンカなど、グレンの手に余る。

「今、妖精さんたちに連絡を頼みましたからね。すぐに『保護者』が迎えに来ますよ」

サーフェがすました顔で言う。

「保護者？　誰？」

心当たりがないのか、イリィが首を傾《かし》げた。彼女は身寄りのない少女だ。親はいない——今、この街における彼女の後見人といえば。

「ティサリアですよ」

「げっ。お、お嬢が来んの……」

イリィの顔が引きつった。

「アラーニャにも連絡しましたからね。仕事で忙しいのに、貴女のことで呼び出されれば……さぞ怒るでしょうね、あの子」

「なんで師匠《ししょう》に!?　パパがいるじゃん！」

「私などではメルドラク卿《きょう》と話せませんよ。それに尊敬している師匠の言うことなら、プラム、貴女も素直に聞くでしょう？」

ぴいぴい、きいきい、とそれぞれ抗議の声を上げる。

だがサーフェは一切、意に介《かい》さず、すました表情だった。

「とにかく、ケンカは厳禁です。やむを得ない事情ならともかく、そんなことで怪我をして先生の負担を増やすのであれば——私が許しませんからね」

「うっ……」

「ご、ごめんなさーい……」

サーフェの眼光に、二人の少女は大人しくなった。

ひとまずこれ以上、争いが大きくなることはないだろうが——しかしイリィもプラムも、まだ目を合わせようとしない。

メメもまた、そんな彼女たちにどう声をかければいいかわからないようだ。

（これは、もしかして尾を引くのかな）

グレンは息を吐く。

彼の頭を悩ませる懸念《けねん》事項が一つ増えてしまうのだった。


診療所の地下には、水路が通っている。

水棲《すいせい》魔族が診察を受けに来るときの設備であった。水路街の魔族については、ほとんどの場合グレンが出向くが——時には水棲魔族のほうから診療所を訪れることもある。

たとえば。

健康診断のついでに、少々こみいった話をしたいとき——など。

「まだあの二人はケンカしてるのかい？」

「うーん……ケンカってわけじゃないけど、顔を合わせたら互いに避けてるよ。メメちゃんも困ってるみたい。プラムちゃんはお店の常連だから無下《むげ》にできないけど、イリィを放っておくのも申し訳ないから……って」

やれやれ、とばかりに。

診療所を訪れた患者ルララが、水の中で肩を竦《すく》め、手を広げた。

「ケンカはダメだよね。良いことなーんにもないし。みんな仲良くボクの歌を聴くべきだと思う！」

「そうだね……」

歌姫らしい発言に、グレンは苦笑する。

ルララがいるのは、水棲魔族用の診察台。水に浸《ひた》った、石造《いしづく》りの寝台に寝そべって、グレンの診察を受けている。

健康診断の話をしたところ、診療所まで来る時間があるというので、ルララにわざわざ来てもらったのだ。

「ボクは誰とでも仲良くするし、ね、サーフェお姉さん！」

「えっ？　ええ、そうね……」

「えへへ！」

屈託《くったく》のないルララの表情に。

サーフェは引きつった笑みを浮かべる。

先日、人間領で、ルララはグレンの嫁宣言をした。彼女はまだ結婚できる年齢ではないのだが——その宣言をどう捉《とら》えるべきか、サーフェの中で結論が出ていないのだろう。嫁が無制限に増えるのは避けたいはずだ。

グレンも彼女が成長するまでに、きちんと答えを出さねば、と思っていた。

「で——どうですか、先生？」

話題を逸らすサーフェ。

「うーん……正直、ルララの長旅は推奨《すいしょう》できないかな……」

グレンは正直に言った。

ルララの褐色《かっしょく》の肌だが——薄皮が剝《む》けかけている部分がある。

「日焼けがかなり進んでる。最近暑いからだと思うけど……陸上移動もある人間領への旅はやめたほうがいいと思う」

サーフェが、手元の書類にグレンの所見を書きこんでいった。

議会への報告書だろう。大使候補のルララであるが、グレンは医師の立場からそれに意見しなくてはならない。

「最近、地上に上がる時間がまた増えてるかい？　ルララ」

「うー……ん。時間はそんなに変わらないけど、やっぱり日差しがキツくてさぁ。肌が痛いんだよね」

ルララは愚痴《ぐち》りながら、二の腕の日焼けでめくれかかった皮をぺりぺりと剝《は》がした。

「ああ、ダメだよ。自分で剝くのは」

「え、そうなの？」

「もちろん。人間でも自然に剝けるのに任せたほうが良いけど——人魚の場合はなおさら。なにしろ粘膜《ねんまく》がまだできてないからね」

人魚は水中生活に適応し、かつ短時間の陸上行動にも対応するため、その全身が薄い粘膜で保護されている。

人魚が強い日差しを浴びると、上半身の皮膚《ひふ》が焼ける。焼け方には個人差はあるが、ルララは褐色に焼けていることから、ある程度日差しに耐性があるらしい。痛みを伴《ともな》い赤く焼ける場合もある。

褐色なのは色素の反応であり、皮膚を守る働きだ。

だが、肌は色素で守れても、粘膜はそうはいかない。

「剝いたばっかりの皮膚には、粘膜の形成が追いつかない。それに剝けたばかりの白い皮膚は炎症に弱いからね。人魚は人間以上にしっかり処置をしないと……炎症になりかねない」

「えー!?　そうだったの、自分で結構剝いちゃってたよ！」

ルララが寝台でくるりと回り、背中を見せる。

彼女の背中にいくつか、日焼けした薄皮を剝いた箇所があった。ルララの本来の体色なのだろう白い肌が見えている。

人間でも魔族でも、意外と自分の身体《からだ》のことは知らないものだ。たとえば日焼け肌一つとっても、剝けかけの皮膚はすべて剝いてしまったほうがいい、という間違った情報を信じている場合もあった。

正しい知識を伝えるのも医者の役目——独立したグレンは、住民の健康に関して、より多くの責務を負わねばならない。

「うん、剝いたのが原因で、粘膜が薄くなっている部分があるね。これを処置しないと、人間領に行くとか以前に、皮膚病の原因になってしまうから」

「ひー。そんなことになってたの……」

「季節外れの暑さは困るね」

グレンはため息をついてそう言うしかない。

『アルルーナ農場』でも、暑さで倒れた魔族が多いという。毛皮に覆《おお》われた獣人《じゅうじん》魔族などは相当暑さに参っているらしい。

「本当は、水中で過ごすなら問題ないし、粘膜の再生もすぐなんだけど……」

「歌う時間は休めないよー！　議会からのお仕事だし」

「だよね……」

ルララが中央広場で歌うのは、広場でのパフォーマンスでもあるが、街全体に時間を告げる役割もあった。

なかなか交代できるものもいない。水路街で一日中歌っていた頃よりはマシとはいえ、ルララの労働環境が大変であることに変わりはないようだ。

「サーフェ、水棲魔族用の軟膏を」

「はい。用意してあります」

瓶《びん》に入った透明な液体を、サーフェが尻尾《しっぽ》で渡してくれた。

「これは人魚の粘膜形成を助ける薬剤です。皮膚を剥いた箇所に塗っておけば、粘膜の損傷《そんしょう》を抑えることができます」

「ありがとう、先生！　うーん、これじゃ確かに人間領に行くどころじゃないよね」

ルララはほっと息を吐く。

言葉とは裏腹《うらはら》に、再び人間領に行かずに済みそうで安心しているようにも見える。

「大使はイリィかプラムに任せるよ――取っ組み合いじゃなくて、どっちが人間領に行くかの勝負なら、穏便《おんびん》に決着がつくんじゃない？」

「穏便……なのかな」

グレンは困ってしまう。

リトバイト診療所にも、大使を選ぶための投票書類が届いていた。実際に投票が始まるのはグレンによる健康診断が終わってからだが――大使の選出が、また新たな火種《ひだね》になってしまうかもしれない。

「とにかく、今はこの薬を塗ろうか。背中を見せてね、ルララ」

「えっ……ま、まさか先生が塗るの？」

「もちろん。背中だと塗りにくいだろう？　塗り残しがあると、そこから皮膚の炎症に繋《つな》がってしまうからね」

「う、うう〜、ちょっと恥《は》ずかしいけど……」

ルララは、大理石の寝台に寝そべったまま水着のヒモをほどいて、なにも身につけていない背中をさらした。

「先生なら……まあ、いいかな。未来の旦那《だんな》さんだし……」

「う、うん、えーと……」

既定路線になりつつある結婚に、グレンは曖昧《あいまい》に頷《うなず》くしかない。

「……嫁が増える……正妻として、正妻として私がしっかりしないと――」

サーフェが一人、そんな決意をしていることに、グレンもルララも気づいていなかった。

グレンはまず、水路から汲《く》んだ水で自分の指を湿《しめ》らせた。

グレンの体温でそのまま触ると、ルララの粘膜を傷つける恐れがある。強く触ればその分、粘膜が剝がれてしまい、ルララの皮膚が炎症を起こす。

以前のエラでの触診《しょくしん》でもグレンはかなり気を遣《つか》っていたが、今回は背中で、より広範囲に触れなくてはならない。

グレンは湿らせた指で、薬剤を取り、ルララの背中に触れる。

「んひゃっ、うう、ぬるぬるする……」

「まあ、粘膜保護剤なので……」

炎症を防ぐために、ルララの背中――褐色の肌が剝けている箇所を重点的に塗っていった。

エラへの挿入《そうにゅう》とはまた違う感覚に、ルララの身体が震える。

薬剤は粘度の高いもので、ルララの背中にべっとりと張り付いていく。皮膚を保護しつつ、粘膜の形成を助ける薬剤なので当然と言えば当然だが。

「ひっ……んぁ……うう～～」

「ついでに、剝けかけている皮膚をはがしてしまおうか」

「えっ？　でもさっき、自分で剝いたらダメって……」

「普段は良くないね。だけど今は薬を用意できるから、むしろ皮を剝いた場所に薬を塗ってしまったほうがいいと思うんだ。そうすればより早く粘膜も再生するから」

「へー、そうなんだぁ……」

ルララの背中は、日焼けが進み、焼けた肌はあちこちささくれていた。

「それじゃあ、剝いていくね」

「はぁい、お願いしまーす」

俯《うつむ》けに寝そべったまま、無邪気に答えるルララだった。

グレンはささくれた褐色の皮膚片を、ぺりりと剝がしていく。

「んっ……」

ルララが声をあげた。

ある意味では脱皮《だっぴ》のようなものだ。まだ身体にくっついている皮膚片を剝がしていくのはわずかな痛みを伴う。

人差し指程度の皮膚片が剝がされ、その下に新しい真っ白な皮膚。

「んっ、あうっ……」

剝がしたばかりで敏感なその皮膚に、グレンは軟膏を擦《す》りこんでいく。少しでも塗り残しがあると、そこが炎症の原因になってしまうので、グレンはまんべんなく丁寧《ていねい》に軟膏を塗った。

「ひゃん、うん……」

「ルララさん、本来ならキレイな白い肌なのですね」

その様子を見ながら、サーフェがそんなことを言った。

「あっ、うんっ……えっとね、お母さんは深海《しんかい》の出身で……ボクも元々は白い肌なんだ。お父さんは浅瀬に棲《す》んでた人で……ボクはお父さん似だから、すぐ日焼けするんだと思う」

「お母さんや、末っ子さんは、深海人魚の血が濃いようだね。日焼けをすると、褐色になるより炎症を起こしてしまうと思う」

「そうそう、だからお母さんたちは、今日みたいに日差しが強い時は、水路街からほとんど出ないよ」

グレンは頷いた。

ルララが、一家の稼《かせ》ぎ頭《がしら》となって陸上で歌っていたのは、そうした遺伝的な理由も大きいのだろう。

「お父さんのことは大嫌いだし——もう帰ってくんなって思ってるけど、でも陸でもたくさん働ける体をくれたのは、少しだけ感謝してる」

「体色素が多いから、ルララは日差しに強いと思うよ。でも無理をすると……炎症が起きたり、喉《のど》や呼吸の疾患《しっかん》が出てくるかもしれない。気をつけてね」

「はぁい」

ルララの家庭環境は、大変厳しいものだった。

一家を支えるべき父親が、逃げてしまったと聞いている。ルララは母と四人の弟妹を支えるために、必死で歌っていた。

「ねぇ、グレン先生」

軟膏を塗られつつ、ルララが呼びかけた。

「ん、どうしたんだい？」

「ボク、ちゃんと先生と夫婦に……なれるかなぁ。小さいころから、お父さんとお母さんはケンカばっかりで……仲の良い夫婦って憧《あこが》れるけど、よくわかんないんだよね」

「……ルララ」

グレンは言葉に詰まる。

グレンの未来のお嫁さん、と宣言したルララであったが——彼女の瞳は、どこか達観《たっかん》していた。夫婦というものが上手《うま》くイメージできないのかもしれない。

「同じマーメイドでも上手くいかなかったんだよ？　先生とサーフェお姉さんは、お似合いだと思うし——そしたらさ、水の中でしか生きられないボクなんてさ……」

どこかいじけたように。

そんなことを言い出すルララは、彼女らしくなかった。

「そうね」

グレンが声をかけられずにいると。

サーフェが頷いた。空《から》になった薬瓶《くすりびん》を新しいものに取り替えながら、言う。

「ちょっと大変かもしれないわね。異種族同士は」

「やっぱり――」

目を伏せるルララに、サーフェは続けて。

「でもね。それこそ、同族でも大変なのよ。私の母も、父の話は決してしませんでした。私が生まれる前になにかあったらしいけれど、詳《くわ》しくは知らないわ」

「そうだったの？」

グレンは驚く。

「ええ、先生にも言ったことはないですね」

サーフェが両親の話をするのは珍《めずら》しいことだ。グレンも、彼女の父の話は聞いたことがなかったが――サーフェ自身も知らなかったとは。

「どうせ同族でも異種族でも大変なら、その大変さを、本当に好きになった人と乗り越えたい――そう思わない？　ルララさん」

「うん……うん。そっか、そうだよね」

「なにかあったら、私に相談してくれていいのよ。グレン先生の正妻である私にね」

いちいち正妻を強調するサーフェだった。

ルララはそれを聞いて苦笑しながらも。

「ふふっ、そうだね。頼りになるお姉さんがいれば——大丈夫かな」

「ええ」

サーフェは笑う。

やはりサーフェにとっては、ルララは大事な妹分であるようだった。と、同時に——これはルララとグレンの結婚も認めた、ということなのだろうか。

(……やれやれ)

正式に答えを出すのはまだ先になるだろうが。

サーフェが認めたなら、グレンも真摯《しんし》に、ルララの想いと向き合わねばならないだろう。

「さ、今は治療を続けるよ、ルララ」

「あ、うん——ひゃぁんっ……！」

グレンはまたささくれた皮膚を剝がして、そこに軟膏を塗りこんだ。

「ひぃんっ……む、剝くとき、ちょっと痛い、かも……っ」

「ああ、ごめんね、なるべく優しくするからね」

「ひぁっ、あっ、あんっ……っ！」

グレンは一枚ずつ、卵の薄皮を剝くようにして皮を剝いでいった。ルララの背中は冷たく、華奢《きゃしゃ》である。

年齢を考えれば少女といってもいいルララだが——こんな華奢な背中で、家族を支えるという重責を担《にな》っているのだ。

「あっ、ん、んぁ……っ」

やがて、グレンの手は首筋のあたりに触れる。

特に日焼けが酷《ひど》い箇所であった。噴水で歌う際には、首筋に日が当たるのだろう。グレンが優しく触れると——。

「うひぃぃんっ……！」

ルララがぴくりと跳《は》ねた。

「んっ、あひゃん……っ」

「動かないでね、ルララ」

「ふぇぇ……先生に触られてると思うと、余計くすぐったいよぉ……」

ルララはそう言う。

首筋を除けば、もう他に剝けかけている皮膚はない。

「んぁっ、う、うんっ……！」

「ちょっと我慢してね」

「っひっ、ひゃうんっ」

グレンは。

ルララのうなじから、表皮をぺりぺりと剝いていった。首筋のあたりは特に敏感なのか、寝そべったルララがぴくぴくと跳ねる。

診察台にしがみつくルララ。下半身の尾ひれがぴくぴくと左右に震えた。

「あっ」

グレンが声をあげる。

「ふえぇぇ、ど、どうしたの？」

「ごめんね。剝がす途中で皮が千切《ちぎ》れてしまった。もう一回やるよ」

「ひぃぃんっ、うそぉっ」

グレンはまたしても丁寧に。

ルララの首筋の皮を剝いていく。ぺりぺりと剝がれる感覚が苦手なのか、そのたびにルララが変な声をあげる。

「ううぅぅ～、ま、まだぁ……？」

「うん、終わったよ」

表皮がキレイに剝がされ、色の変わったルララのうなじを見ながら、グレンは微笑《ほほえ》む。

「それじゃあ、薬を塗っていくね」

「ひんっ、それがあったぁ」

べちゃり、と。

グレンがたっぷりと軟膏をルララの首筋に塗る。

「あぁんっ！　つ、冷たいっ！」

痛みではなく冷たく感じるのなら、グレンの手によってルララの粘膜が損傷することはなさそうだ。

グレンは安心して、ルララの首に薬を擦り込んでいく。

「んんっ、んっ、ひゃううっっ」

「すぐに終わるからね」

「ひゃああう、は、早くぅ……」

ルララはもう我慢できないとばかりに、器用に下半身をびちびちと跳ねさせる。この尻尾《しっぽ》がグレンに当たれば痛そうだ。

「はい、首も終わったよ」

「う、うん」

「それじゃあ最後に――」

グレンはちら、とサーフェを見る。サーフェは頷いて、瓶の中に入った白い液体を渡してくる。

「今、薬を塗ったところに、防水用の薬を塗るね。水に入ってもすぐに薬剤が流れ落ちないようにする薬だよ」

「ええっ、そんなのあるの!?」

「うん。もちろん水路に流出しても無害だけど、それでも多少は水が濁《にご》るし、あまり使わないんだ。でも、今日ばかりは粘膜の保護のために必要だからね」

ずるり、と。

白いねばついた液体を、グレンはルララの背中に塗りつけた。

「んんんん――――っ！　な、なんかぴりぴりするようなっ……！」

「ああ、皮を剝いたばかりで敏感になってるね。粘膜が形成されれば気にならなくなるから、少しの辛抱《しんぼう》だよ」

「ひぃぃいんっ。ひゃっ……うぅん、あっ……！」

ルララがびくびく跳ねる。

呼吸が荒くなったせいか、陸上では閉じているエラも、びく、びくと動き始めてしまった。

「んっ、んっ、んひぃぃぃ〜〜〜」

「そろそろ終わるからね」

グレンが五本の指を使って、まんべんなく薬を塗っていく。

最後は首筋まで、恋人に触れるように優しく触れていった。

「んっ！　ひゃん、ひぁぁぁああ――――っ！」

ルララが耐え切れずに大声をあげて。

グレンも全《すべ》ての処置を終えた頃――ルララも力尽きたように、診察台の上でぐったりとその身を横たえるのだった。

「うう〜、背中だけ色が違うの、みっともないよぉ〜」

処置を終えたルララが涙目になってそんなことを言い出す。

皮を剝いたばかりのルララの背中は、そこだけ白い表皮が見えてしまっている。褐色の肌と、白い肌のコントラストはたしかにいささか目立つ。

「すぐにまた焼けるよ。大丈夫」

「はぁい」

ルララの返事は素直だ。

たとえば、イリィもプラムも、このくらい素直だったらケンカしないのだろうか。グレンに対しては、どちらも明け透《す》けにものを言うが――。

同年代の少女に対しては、必ずしもそうではないらしい。

「でもさぁ、最近、水の中も暑いんだよね……困っちゃうよ」

「水の中が……暑い？」

グレンが首を傾げる。

リンド・ヴルムの水路は、基本的に山脈からの雪解け水だ。

不純物の少ない澄《す》んだその水は、真夏でさえ冷ややかな温度を保っていたはず。水温がそこまで変化しているとなると、やはり今年の気象は異常だということになる。

グレンは気象には詳《くわ》しくないが。

たとえば海水の温度が上がると、異常な年になると聞いたことがある。川が暑いとなれば、川の水が流れ込む海の温度も高いのでは？

（そういえば……人魚と天気に関係があったような……）

などとグレンが考えこんでいると。

サーフェが尻尾で、グレンの肩をつついた。

「……先生」

「えっ、あ、ごめん。なに？」

「議会の方へ、ルララさんは大使にはなれないと報告しておきます。でも……そうなれば、やはりイリィかプラムのどちらかに決まるのでしょうか？」

サーフェが目尻《めじり》のウロコを撫《な》でながら、そんなことを言う。

「あれ？　メメも候補って聞いたけど……」

「ええ。ですが、断固として行かない、と辞退したと聞いてますよ——大使選挙の投票が、イリィとプラムの新たな火種にならないといいのですが」

意地でも行かないのはとてもメメらしい。

「そうなんだよね……二人の仲が険悪なのは事実だし」

サーフェの心配はあながち外れてはないだろう。

「……もしかしてボク、無理してでも行ったほうが良い？」

先日のケンカを思い出したのか、ルララが心配そうに言う。

ルララが大使になれば丸く収まるのでは、ということだろう。

「そんなことはないよ。無理するのは医者として認められないし――それに、ルララが大使になっても、根本的な解決にならないと思うんだ」

「そ、そっか……」

「僕が言うことじゃないかもしれないけど、これまで通り友達として二人に接してあげればいいと思う」

「うん、任せてよ」

ルララは片目をつぶって、笑顔を見せた。

もともと快活《かいかつ》で、皆から愛される少女だったが――広場での人気者となった今、彼女の笑顔はますます魅力的になっているようだ。

その笑顔は夏の太陽のように、眩《まぶ》しい。

「うちもさ、すーぐ下の子たちがケンカするんだよ。困っちゃうよね――ボク、これでもお姉さんなんだよ」

えへへ、と笑うルララだった。

とその時――水路の奥から、顔を出すものがあった。

「ぷはっ！　ねーちゃーん！　まだ終わんねーの？」

「あっ、シド！」

ルララが声をあげる。

水路を通ってきて顔を出したのは、どうやらルララの弟らしかった。顔が似ているので一目でわかる。

しかも、水路にはいくつもの人魚の影があった。次々と顔を出す。

「すっごーい、ここが診療所？」「グレン先生、こんにちは」「……こ、こんにちは」

ルララの弟妹たちが、騒がしくその姿を覗《のぞ》かせた。

「こんにちは、お揃《そろ》いだね。どうしたんだい？」

グレンが水路を覗き、挨拶《あいさつ》をする。

一番小さい少女――末妹《まつまい》のソラウは、以前母親とともに診《み》たことがある。それ以外の子どもたちは初対面だ。

「姉ちゃんのお迎えっす！」「なかなか帰ってこないから心配したの」「お姉ちゃん、お腹空《なかす》いた……」「……あう」

「そうだったんだね」

　グレンは微笑んだ。

　もはや後援者のいない独立した医者。いつどのような依頼があるかわからない——診察したことのない街の住人についても知っておかねば、仕事に差し障る。

「グレンです。みんなよろしく。体調に変化があったらいつでも診療所に来てね」

「「「「はーい」」」」

　声を揃えていい返事。

　面倒を見ているルララの教育の賜物《たまもの》だろう。

「ねえねえ、先生ー」

「うん？」

　次女らしき人魚の少女が、無邪気な瞳で聞いてきた。

「おねーちゃんと先生が結婚したら……先生は私たちのお兄さんになるの？」

「ぶっ⁉」

　グレンがなにか言う前に、ルララが噴《ふ》き出した。

「なに言ってんだよレミー、こんなすげー診療所の先生が、ホントにねーちゃんと結婚するわけねーだろ！」

「でもシド、お姉ちゃんいつも言ってるんだよ」

「……うん、言ってる」

「結婚式はいつですかー？」

子供たちは口々に言い放つ。

グレンがなんと答えればいいか悩んでいると。

「はいはい！　あーもう、みんなさっさと帰るよ！　お母さんが心配するからね！」

ルララが顔を真っ赤にする。水路に移動して、ソラウを抱え上げた。子どもたちはまだなにか言いたそうだったが。

「えー、でも……」

「余計なこと言わないの！　先生が困るでしょ！　じゃあね先生、また来るから！」

ルララは照《て》れながら、子どもたちを引き連れて逃げてしまった。グレンがなにか言う暇《いとま》もない。

「暑いから気をつけるんだよー！」

グレンが声をかけると、ルララは水中から手だけを出して、返事とした。

「ふぅ……」

「お疲れ様です、先生。元気な子どもたちですね」

サーフェが苦笑しながら言った。

「うん、サーフェもお疲れ様」

「──私はなにもしてませんよ？」

「そんなことないよ、ルララの前で、ちゃんとお姉さんをしてくれたじゃないか」

「っ」

サーフェの顔が赤くなる。

ルララとの結婚についてのやりとり——これがもし、相手がティサリアやアラーニャであれば、いつものように嫉妬《しっと》するなり、噛みつくなりしていただろう。

年下のルララだから、サーフェも大人として対応してくれたのだ。

「わ、私としても——ルララさんは妹のようですから。先生とは仲良くしてほしいんです」

いつか聞いたようなセリフだ。

だが、グレンとサーフェの関係が大きく変わった今となっては、彼女の言葉の意味も変わってくる。

「うん、わかった。僕もしっかりするからね」

「ああ、もう恥ずかしい……とにかく早く結婚式を挙げないと——このままでは嫁候補がどんどん増えてしまいます。牽制《けんせい》するためにも私がまず、正妻なんだと知らしめないと」

「ええっと……あまり根《こん》を詰めないようにね……」

「もちろん体調管理も仕事のうちです！　だからこそ、先生にはお仕事を頑張ってもらわないと」

サーフェがぐっと拳《こぶし》を握る。

やはり暑さのせいか、彼女は、いつも以上に積極的だ。

ただ、グレンは——。

（水温の上昇……か）

グレンは思う。

マーメイドには嵐を予知する、歌うことで嵐を呼ぶという伝承《でんしょう》がある。この大陸において、嵐というのは、海水温が上がったときに海から北上してくる、という話もあった。

（マーメイドは水温の上昇を感知しやすい……だから嵐の予兆《よちょう》を、他の種族よりも早く捉《とら》えたりして……）

グレンはそこまで考えて、なにも裏付けのない仮説にすぎないことに気づく。

だが、備えは必要だ。異常気象がきっかけとなって、別の新たな異常を呼ぶかもしれない。

季節外れの暑さは、嫌な予感を連れてくるものだ。

「先生？　どうしましたか？」

「いや、大きな嵐が来そうだなって」

「……プラムとイリィのケンカのような？」

「違う違う。本当の嵐だよ——今のうちに、壊れてた雨戸、直してもらおうか」

「？　……はあ？」

グレンは笑う。

そして、嵐が来るかも、という心構えだけはしておこうと決めるのだった。

幕間　保護者の苦労

時間は。

イリィとプラムがケンカをした直後まで遡《さかのぼ》る。

「まったく、貴女《あなた》って子は――」

『スキュテイアー運送』の本部にて。

イリィは、ティサリアに叱《しか》られていた。ティサリアはサーフェから連絡を受け、イリィを引き取って説教をしていた。

「メルドラク家ご令嬢とケンカするだなんて――メルドラク卿《きよう》のご機嫌を損《そこ》ねたら、商売にも差し障《さわ》りがあるかもしれませんのよ？　ちゃんとわかってますの？」

「うう、ごめん――お嬢に迷惑かけるつもりじゃなかったんだけど」

「けど？」

「ケンカ売ってきたのは向こうだし……」

羽を胸の前であわせて、目を逸《そ》らすイリィだった。

ティサリアもため息をつく。

「そうですわね。話を聞いてる限りでは、そのメルドラクのご令嬢も、なかなかに問題のあるお方のようで――」

「そうなんだよアイツ！　行きたくないなら大使は辞退しろとか……なんにも知らないくせに、好き勝手言いやがって！」

「こらこら、熱くなりませんのよ」

ティサリアはため息をつく。

元はと言えばティサリアが、人間への苦手意識を克服《こくふく》してもらうために、イリィを人間領大使に推薦《すいせん》したのだ。原因の一端《いったん》はティサリアにもある。

「……その子の言い分にも一理ありますわね」

「お嬢？」

「貴女にその気がないのに、無理に推薦してしまったのはそもそもお父様とわたくしですからね。ごめんなさいね、イリィ……人間領大使の話は、辞退して……」

「嫌だよ！」

イリィが冠羽《かんう》をぴこんと持ち上げて、叫んだ。

「確かに、人間領に行くのは気が進まなかったけど……でも、アタシ、言われっぱなしでそのまま引き下がるのは嫌だ！　アイツの言い方にも納得できないし！」

「ふむ」

ティサリアは鷹揚《おうよう》に頷《うなず》いて。

「それでこそ『スキュテイアー運送』の一員ですわ！　メルドラク卿のご機嫌を損ねたくはありませんが、それはそれ、これはこれ！　舐《な》められたら終わりですもの、ケンカを売ってきた輩《やから》は、ぎったぎたにしてあげなさいな！」

「そ、そこまでは言ってねえよ！」

ぴいいぃい～～～とイリィが怯《おび》える。

元傭兵《ようへい》の流儀《りゅうぎ》は、スラムで育っただけのイリィには厳しすぎるようだった。

「まあ、あくまで平和的にね？」

「平和的にぎたぎたにする、ってなんだよ！　わけわかんねーよ！」

「納得するまでおやりなさい、ということよ。別に話し合いでも、殴り合いでも構いませんから……相手の子がなにを考えてるのか。どうしてケンカを売ってきたのか。そうしたもやもやが解消するなら、手段は問いませんのよ」

「うう、やっぱりスキュテイアーは元蛮族《ばんぞく》だ。噂《うわさ》で聞いてたまんまだぁ……」

「なんですのその不名誉な噂！　この高貴な一族に向かって！」

ティサリアがぷりぷりと怒る。

「……元蛮族でもなんでも、高貴な振る舞いを身につければ、自然と精神もついてくるものですわよ。貴女も契約社員とはいえ、今はスキュテイアーの一員なのですから――起きてしまったことに対してどうするか、考えておきなさいな」

「うん……わかったよ、お嬢」

姉貴分であるティサリアに言われて、イリィは頷く。

初めて出会ってから、なにかと面倒《めんどう》を見ているティサリアだ。今ではすっかり彼女の後見人《こうけんにん》となっている。

身寄りのないイリィにとって、真に姉のような存在になりつつあった。

「でも……いいの？　プラムと本当のケンカになったら、メルドラクきょー？　が怒るんじゃないの？」

おずおずと、イリィが尋《たず》ねる。

「まあ――万全《ばんぜん》とは言えませんが、あちらのほうにも手は打ってありますわ。わたくしではなく、サーフェの手回しですけれど」

「んん？　どゆこと？」

「貴女は気にしなくていいのよ」

ティサリアは微笑《ほほえ》みながら片目をつぶった。

闘技場でも人気の闘士は、そうした仕草《しぐさ》も様《さま》になる。

（首尾《しゅび》よくいっているといいけれど――ねえ、アラーニャさん）

きょとんとしているイリィの視線を受けながら。

ティサリアは、今頃墓場街に行っているであろう、一人のアラクネの姿を思い浮かべるのであった。


「なーんで妾《わらわ》がこんなことせなあかんのやろねぇ……」

一方、同じ頃。

アラーニャは、デッドリッチ・ホテルにいた。プラムが借りている一室である。豪華《ごうか》な部屋の内装には、服とアクセサリーがこれでもかと並べられていた。

アラーニャのファンを自称するだけあって、並んでいる服はほとんど全部アラーニャのデザインしたものだった。

「うわぁぁん、師匠《ししょう》、ごめんなさいぃ！　こんなところまで来てもらって！」

「本当どすなぁ。感謝してほしいわ。おまけに貴女のお父上を説得までしたんやで？　子どものケンカなので大目に見てあげてほしい……ってな」

「ううぅ、あーし、迷惑ばっかりかけて……」

プラムが涙目になって、アラーニャに抱きついている。

アラーニャは若干《じゃっかん》面倒くさそうな顔をしながらも、されるがままであった。プラムはきぃきぃ泣きながらも、ホテルまで足を運んでくれたアラーニャに感謝している。

「議会にも口出せる大物の説得なんて……いやぁ、緊張したわぁ。卿もよく、妾ごときの話を聞いてくれたもんやねぇ」

「それはししょーだから！　あーし、いっつも師匠のこと、パパに話してるし！　だからパパも聞いてくれたんだと思う！」

「……そら、いつもご贔屓《ひいき》に。妾はサーフェに言われただけやけどね」

イリィとプラムのケンカ。

これを子煩悩《こぼんのう》のメルドラク卿が知れば、最悪、『スキュテイアー運送』と敵対しかねない。ましてや運送代表のエフタルは、そもそもメルドラク卿に頭が上がらない。

権力者同士のトラブルになりかねないこの話を、あくまで当事者同士の問題に収めるために、アラーニャはわざわざホテルまで赴《おもむ》いたのだった。

アラーニャはメルドラク卿とは初対面であったが――プラムから話を聞いていたらしく、大物魔族とは思えないほどに丁寧《ていねい》な物腰で迎えてくれた。

「こんな一介《いっかい》のデザイナーを賓客《ひんきゃく》扱いしてくれて、いやいや、本当にありがたいことやわぁ」

アラーニャはそう言って笑う。

自分が言うと、何故《なぜ》こうも皮肉じみているのだろう――と思いながら。サーフェやティサリアに注意されるのに、悪役ぶる態度がなかなか抜けない。

（センセと結婚するんやから……こういうところも直さへんとね）

そんな風に思うアラーニャだ。

「ともかくプラムはん、お父上は説得したんやから――イリィと仲直りせなあきまへんえ?」

「き、きぃ……」

目を逸らすプラムだった。

アラーニャは、用意してもらったイチゴジュースを飲みながら、そんなプラムをじろりと睨《にら》みつける。

「ほれ、返事は?」

「うわーん、メメっち! 助けて!」

泣きながら、今度は部屋の隅《すみ》にいたメメのもとに逃げるプラムだった。メメはひいいいと叫びながらも、プラムから離れない。

――恐怖で動けないだけかもしれないが。

「メメはんもついてきて、面倒見がええねえ」

アラーニャは苦笑しながら、メメを眺《なが》める。

アラーニャはメメのことを気に入っている。他人との距離が上手《うま》くとれないメメとは、共感するものがあった。

メメは泣きながらも、言い返す。

「だ、だって放っとけないし……うう、爪《つめ》が怖い怖い、は、離れてぇ!」

「メメっちはあーしの味方だよね！　ね！」

「どっちの味方でもないわよぉ！　わ、私はただ、ケンカしてほしくなくて――そもそもなんでケンカなんて売ったのよ！」

メメが、その大きな目でじっとプラムを見つめる。

プラムは街を歩いている時はやたら強がるが、親しい者の前では途端《とたん》に弱気になる。そんな二面性もあって、こんな顔を見せるのはメメやアラーニャだけだろう。

イリィの前ではきっと強気に出てしまうに違いない。

それこそがイリィとプラムが仲良くなれない原因なのだが。

「だって――あーしは見た目を取り繕《つくろ》って、ようやく街に出れるのに……生まれ持った翼だけでいい、着飾る必要なんかないとか言ってるあの子が、ムカついたんだもん……」

「だからって」

「パパが他種族には強気に出ろってうるさいし……」

「もうちょっと言い方ってもんがあるのよぉ！　口下手《くちべた》なんだから言い方には気をつけなさいよぉ！」

「それができたら口下手じゃねーし！　うわぁぁあん！」

泣くか怒るか定まらないままに、プラムはメメの胸で泣く。

「人付き合いは、ほんに難儀《なんぎ》どすなぁ」

アラーニャは呆《あき》れた顔だ。

だが、アラーニャはどうしても放っておけない。

人付き合いが苦手なメメも、二面性のあるプラムも、どこか自分に似ているので——知らない顔はできないという点では一緒だった。

だからわざわざ、デッドリッチ・ホテルまで足を運んだのだ。

「そもそも、人間領大使だってあーしには無理だよぉ！　人間領なんて行ったことないしぃ！　メメっち代わってよぉ！」

「はぁああ!?　イリィにあれだけ大口叩《たた》いてたのに、なんで怖気《おじけ》づいてるのよぉ！　大体私、もう辞退したから！」

「ううう……パパが勝手に立候補させたんだもん……あーし行く気なかったし……」

「だったらケンカ売るような真似《まね》するんじゃないの！」

「うううぅぅ〜〜〜っ！」

プラムが、自分のことながらどうにもならない我が身を嘆《なげ》くのだった。

思ってもないことを言ってしまうのは、アラーニャもまた身に覚えがあることだ——たとえばそう、親友の好きな男にちょっかいをかけて、友情を試す、だとか。

あの時散々《さんざん》からかった医者と、今や婚約者の関係なのだから、人生とはわからないものだ。

「泣いても仕方ないやろ？　大使を目指すと言った以上、皆の人気者になって、しっかり取り繕わんとね？」

「しょー、スパルタ！」

「自分のまいた種《たね》やないの」

アラーニャはため息をつく。

プラムの二面性——格好《かっこう》悪いと思われたくないがために、外面《そとづら》を取り繕う性格はとても厄介《やっかい》だ。素直な性情《せいじょう》のイリィと気が合わないのも当然である。

「ちっちゃい子たちの諍《いさか》いは……どうしたものやろねぇ」

アラーニャは、ホテルの部屋から外を見た。

今頃、リンド・ヴルムではどうしているだろうか。イリィのほうはティサリアが上手いこと収めていればいいのだが。

「うわあぁぁぁん！　どうしたらいいのメメっちぃ！」

「泣きたいのはこっちだってばぁ！」

プラムとメメが、互いに抱き合いながら泣き続ける。

「とりあえず——泣くのはおよし。二人とも」

アラーニャはテーブルに肘《ひじ》をついて呆れながら、そう言うしかない。

どうやったらケンカ状態になってしまった二人の仲を取り持ち、穏便《おんびん》に済ませられるか——いい方法は一向に浮かばないアラーニャなのだった。

症例2　夏バテのギガス

グレンが、ルララを診察してからしばらくして。

街には一つの動きがあった。

リンド・ヴルム中央議会から、嵐への備えをするよう通達があったのだ。水棲《すいせい》魔族の議員たちが相次いで、水温の異常な上昇から、まもなく嵐が来るという予想を述べたという。

グレンの推測《すいそく》通り、人魚の感知する水温と天気には関係があるらしい。

(ルララもそのうち、天候予知ができるようになるのだろうか——)

グレンはそんなことを思いながらも。

通達に従って、診療所の傷《いた》んでいる箇所をサイクロプスに修繕《しゅうぜん》してもらった。リンド・ヴルムで嵐は少なく、議会の通達は街を騒がせている。

そうした中——。

「はーい。お持ちしましたえ。『荒絹縫製《あらぎぬほうせい》』の新商品♪」

診療所には、アラーニャが訪れていた。

四本の腕に持っているのは、真っ黒な生地《きじ》。光を吸い込みそうなそれは、ベルベットのような厚みがあった。

サーフェが早速《さっそく》それを手に取る。

「これが？」

「左様《さよう》。縫製所が暑さに備えて作った断熱布どす。カーテンに使えば、部屋の中はひんやり。天幕に使えば日よけにぴったりや。どう、サーフェ」

「へえ……いいわね？」

「工房に注文して、この布で日傘《ひがさ》も売り始めとるんやけど……今日はサーフェのために、特別に一本、プレゼントどす」

花柄の刺繍《ししゅう》が施《ほどこ》された黒い日傘を、アラーニャがサーフェに手渡す。

暑さそれ自体は、サーフェにとっては苦ではないようだが――日差しの問題は未《いま》だにサーフェを悩ませている。この日傘はありがたいだろう。

「これで、暑さで倒れる人が減るといいですね」

「まったくや。街に貢献《こうけん》できて嬉《うれ》しおす――センセのご負担も減るやろからな。これからも『荒絹縫製』をご贔屓《ひいき》に……な？」

アラーニャが流し目でグレンを見てくる。

婚約者の間柄《あいだがら》であり、人間領では彼女のために奔走《ほんそう》したのだが――あの一件以来、アラーニャの視線が少し怖い気がする。

なんというか、獲物《えもの》を狙《ねら》う捕食者の目のような——。

（か、考えすぎかな）

アラーニャを愛してはいるのだが、それはそれとして、未だに、なかなか本心を見せない彼女に、グレンは戸惑《とまど》っていた。

「ありがとう——悪いわね、変なことを頼んだばかりなのに」

サーフェがするりと。

グレンへの視線を遮《さえぎ》るように移動しながら、傘の礼を告げた。

「プラムのこと？　あの子は……どないしよねぇ」

アラーニャはやれやれと、四本の腕を広げた。

アラーニャの持ってきた断熱布は、さっそく妖精たちが運んで、診療所のカーテンと入れ替え始めている。

「イリィやプラムの健康診断もしなければならないんですが——なかなか二人とも会えなくて。プラムはもう、どこに現れるかも予想がつかないですし」

「街に来てるのは間違いないやろうけど、大体が夕方や夜やから、診療所の時間とはなかなか合わへんよねぇ。まあ、見かけたら診療所に来るよう、伝えますぇ」

ただ——とアラーニャは首を傾《かし》げ。

「あの子が素直に言うこと聞いてくれるかは……別問題やけど」

「アラーニャが言えば、従うんじゃないの？」

「尊敬と従順は違いますやろ？　そら、多少あの子に強く出れるのは妾《わらわ》やろうけど、だからってなんでも従ってくれるとは思えへんねぇ。ケンカで診療所に来たばかりやろ。センセと会うのも気まずいんやないかな？」

「そう——」

アラーニャは、あやとりのように、両手で糸を広げながら。

「強引に捕まえてこい……ってことなら、やりますえ？」

「いえ、大丈夫です。僕のほうでも気にしてはおきますので……」

「でも、期限あるお仕事なんやろ？」

「ええ、まあ」

人間領大使を選ぶ日は近い。嵐が来るという噂《うわさ》もあり、具体的な日取りはまだ決められていないが——。

日にちが決まってしまえば猶予《ゆうよ》はない。イリィとプラムの診断は早めにしなければならなかった。

「イリィにも、診療所に来るように言ってるんだけどね。一向に顔を出さないのよ。まだ待って、とか言って……どうしたものかしら」

「困った小娘たちやねぇ」

年上の女性たちが、揃《そろ》って頭を悩ませている。

まだ待って、というイリィの返事も奇妙だ。健康診断をするだけなのに、一体なにを待てばいいのか。

「センセは大変やねぇ。妾も力になりますえ」

「助かります。プラムのこと、お願いします」

「はいな」

頼もしい婚約者の言葉に、グレンは微笑《ほほえ》んだ。

妖精たちは、一通りカーテンをかけ替えたようで、古いカーテンを畳《たた》み始めていた。断熱布によって、入ってくる日差しは随分《ずいぶん》と減って――確かにいくらか涼《すず》しくなった気がする。これから夏に向けて、売れそうな商品だと思った。

「せんせーっ！　せんせー！」

などと思っていると。

待合室から飛び込んでくる影があった。黄色い翼をもつハーピー――確か、奴隷《どれい》商に捕らわれていた娘の一人だった。

「どうしましたか？」

焦《あせ》った様子の彼女に、サーフェが声をかける。

「大変なの！　巨神様が！」

「ディオネさん……？」

ハーピーの娘はこくこくと頷《うなず》いて。

「夏バテで、倒れちゃったの！」


「これは――さすがに、怖いな」

暑さが続くリンド・ヴルムにて。

グレンは高い空から、ヴィヴル山麓《さんろく》を見下ろしていた。顔から血の気が引くのはどうしたって避けられない。

「ははは、ご心配なく、お医者様！　未だに落ちた方はいらっしゃいません！」

「……では、一人目にならないように祈ります」

グレンは目を閉じて祈る。

今――グレンは、ハーピーの里に急行していた。巨神ディオネが倒れてしまったという報告を受けたからだ。

里の若衆《わかしゅう》たちが迎えに来てくれて、最新式の設備でもってハーピーの里に急行することになったのだが。

「最新式……これが……」

グレンは呻《うめ》く。

今、彼が乗っているのは、東で言う『カゴ』によく似た乗り物である。人一人が入れる程度のスペースに、乗客のための座席がある。

東における『カゴ』は、前後を人足が支えて運ぶ、貴人《きじん》のための乗り物である。ケンタウロス車を大幅に小型化して、人間でも運べるようにしたもの、と言い換えてもいいかもしれない。

しかし、今グレンが乗っているカゴは――空を飛んでいた。

(高い――)

ハーピーの里への行き来を楽にするため、ハーピーと『スキュテイアー運送』が共同で作ったというこの乗り物は。

計八名のハーピーが八方を支えて飛ぶものであった。基本的に一人乗りである代わりに、山道を行くよりも格段に速い。なにしろハーピーの飛行速度で里まで行ける。

難点があるとすれば。

屋根と、簡単な仕切りをつけただけの椅子《いす》がそのまま浮かんでいるようなものなので――その高さの恐怖が耐えがたい、というところか。

「――――」

うっかり下を見てしまわないよう、グレンは目を細める。ただ、四方も高い空の光景なので、どこを見ても恐怖は薄れない。

とはいえ、グレンはまだマシだった。隣を飛ぶサーフェは、大型魔族用の『カゴ』に乗っているが——体が長すぎてはみ出している。尻尾《しっぽ》の半分くらいが、支えるものもなくぶらぶらと揺れている気分はどのようなものだろう。

サーフェの『カゴ』は、計十四名のハーピーで運んではいるが——それでも安心はできまい。

「怖いですか、お医者様！」

若衆が聞いてくる。

「え、ええまあ」

「仮に落ちたとしても命綱《いのちづな》がありますから問題ございませんよ！」

快活《かいかつ》なハーピーがそう笑うが。

命綱とはつまり、グレンの胴に太めのロープを巻きつけただけのことである。それはリーダーのハーピーと繋《つな》がっている——が、仮に落下した時、絶対に切れないとは言えないとグレンは思った。

最新式というにはあまりに原始的——いや、シンプルな構造であるが、ハーピーたちは全く気にしていない。

（いやいや、今はディオネさんだ……）

グレンは頭を振って、冷静さを取り戻す。

ディオネが夏バテで倒れたという。基本的に生物というのは、寒冷地に行くほど大型化する傾向がある。体重あたりの体積を増やすことで、体の熱が逃げるのを防ぐのだ。逆に小型化すればするほど、熱の放散に有利となる。

つまり。

ディオネほどの巨体になれば体温を逃がすのは難しくなる。倒れたというのもそのせいかもしれない。

（心配だな――）

高空の恐怖は拭《ぬぐ》いがたい。

グレンはそれを、ディオネの体調について考えることで打ち消すのであった。

「……帰りは車にしませんか。ティサリアに連絡して迎えを寄越《よこ》してもらえば」

「うん……賛成」

高所の移動に、すっかり青ざめたグレンとサーフェが、そんなことを言い合う。

「でも、里で急患が出たら今後も使うことになるだろうし……慣れていかないとね」

「はい……」

サーフェは頷くが、顔色は悪いままだ。

サーフェの数少ない弱点になりそうだった。急ぐ必要のない帰りであれば、ゆっくり馬車で移動してもいいだろう。

「それにしても――暑いね」

「里でも猛暑は変わらないようです。ディオネさんが体調を崩《くず》すのも無理もないことでしょうね」

サーフェは早速、アラーニャからもらった日傘を使っている。

ルララは、水中も暑いと言っていた。リンド・ヴルムの水はヴィヴル山から流れてくる――山の中腹《ちゅうふく》でもこの気温なら、川の水温も上がることだろう。まだ春だというのに異様な状態だ。

アラーニャが見せてくれた断熱布は、ハーピーの里でも活用されていた。家屋の出入り口に、垂《た》れ幕のようにかけられている。羽毛があるハーピーたちは、寒さには強いが、猛暑には弱い。

そしてそれは、里にたびたび下りてくるディオネも同じ。

「ディオネさんが……心配だな。早く診《み》てあげなきゃ」

「はい」

幸い、案内は必要なかった。

里の広場で、ぐったりと横たわっている巨神の姿が、すぐ目に入ったからだ。周りには里長《さとおさ》をはじめとしたハーピーたちが取り囲んでいる。

「ディオネさん、大丈夫ですか！」

「あれぇぇ～……先生ぇぇ～……？」

横たわったまま、現れたグレンに、ディオネが返事をした。

グレンはひとまず安心する。意識があるということは、少なくとも重篤《じゅうとく》な状態ではないようだ。

「ご飯を食べてたらぁ～、急にくらっとしちゃってぇぇ～……動けないんですぅぅ～」

「そのままで結構ですよ。今診察をしますからね」

グレンが近づいていく。横たわったディオネは、いつかアラーニャが作った服をそのまま身につけていた。

この暑さで、冬用の服は体調にも関《かか》わる。よほどこの服を気に入っているのだろうか。

ディオネの巨体は広場だけでは収まらず、足だけはブーツを脱いで、川に直接浸《つ》けていた。

地面に家がほとんどないハーピーの里だからいいものの――リンド・ヴルムで彼女が倒れたりしたら、大変なことになる。

（だから街には来ないんだろうけど――）

とりあえずグレンは、彼女の呼吸を確認することにした。

「気分はどうですか、ディオネさん？　頭痛や吐き気などは」

ディオネの顔に近寄って、グレンは尋《たず》ねる。

仮に今、彼女が寝返りでも打てば、グレンはディオネの重量につぶされてしまうだろう。横になっているディオネの動きに気をつけながら、グレンは話しかけた。

「頭は……平気ですぅぅ～……。吐き気も……ないかなぁぁ～？」

「倒れる前はなにをしていましたか?」

「ご飯を食べていたらぁ〜……急にくらくらとぉぉ〜」

「なるほど……」

グレンがちらりと見るのは、盆に載《の》せられた木の実である。

巨神への捧《ささ》げものなのだろう。これを食べている途中に倒れてしまったのだ。

「先生。呼吸、体温どちらも、大きな異常はありません。脈拍《みゃくはく》はすこし弱いかと思われますが……ディオネさんの平均値《ち》ですね」

「うーん――」

ディオネの首で脈を測《はか》っていたサーフェが、冷静に告げた。

グレンが唸《うな》る。

「お医者様、巨神様は――」

ハーピーの里長が心配そうに聞いた。

「やはりこの暑さで……?」

「いえ、受け答えもはっきりしていますし、体温の異常もありません。熱中症ではないと思います」

「では……?」

ハーピーたちは皆、心配そうな顔でディオネを見守っている。

「先生、見当がついているのでは？」

「ええっと……信じてもらえるかわからないけど……」

グレンはハーピーやディオネの顔を見る。

グレンの下す診断をじっと待っていた。

「ディオネさんの症状は――栄養失調ですね」

「ほえええ？」

ディオネ本人にも意外だったようで、彼女は素っ頓狂《すっとんきょう》な声を上げた。

症状はいたってシンプル。

体を動かすだけの栄養分が足りていないだけ。

ただ――食べながら空腹で倒れる、という現象に、皆が疑問符を浮かべている。どこから説明するべきか、グレンは必死で考えるのであった。

「ディオネさんはこの世でたった一人のギガスです。以前の診察をもとに、クトゥリフ先生と、ギガス族の特徴を勉強してきました。今後、診療する時の参考にするために」

「ほえぇぇ～。先生といい、クトゥリフちゃんといい、勉強熱心ですねぇぇ～」

師匠《ししょう》をちゃん付けで呼ぶのはこのギガスくらいのものだ、と思いながら。

グレンは説明を続ける。

「いえ——それで、ですね。ギガスは巨人系や植物系魔族の特徴も持っていますが、普段の代《たい》謝《しゃ》が極端に低いという点で、よく似た生態の珍獣《ちんじゅう》がいたんです」

「ち、珍獣でございますか……」

「ええ。生態に共通点がある、というだけですが」

さすがに巨神と珍獣を比べられるのは抵抗感があるのか、里長が困ったような笑みを浮かべた。

一方、ディオネに気にした様子はない。寝転がったまま、髪の下に隠れた瞳《ひとみ》を興味深そうにグレンに向けている。

「その南国の珍獣は、『怠け者《スロース》』と呼ばれています。あまりに動かないために、とても怠惰《たいだ》な動物であると思われているようです。ですが怠《なま》けているわけではなく……代謝を極端に低下させて、エネルギーを節約することで生きていく生物のようです」

「代謝が低い……つまり、ディオネさんと同じですね」

さすがにサーフェは理解が早い。

「うん。それで、このナマケモノにも……食事を摂《と》っているのに栄養失調になる現象が起きるようなんだ」

南国の珍獣なので、グレンも直接見たことはない。

機会があれば是非《ぜひ》見てみたいが、環境の変化には弱いらしいので、連れてくることはできないだろう。代謝が低すぎて自分で熱を生産することもしないようだ。

まだディオネのほうが、暑さ寒さに強いだろう。

「お医者様。そこがよくわからないのですが——食べているのに栄養失調になる……というのは？」

「はい。説明しますね……全《すべ》ての生物は、食事をする際にもエネルギーを使います」

消化というのは、わずかながらエネルギーを消費する行動だ。

普通は、消化に使うエネルギーが、食事で摂る栄養を上回るようなことはない。しかし、普段から代謝が低い生物は、消化に回すエネルギーもごく少量だ。もし、なにかのきっかけで消化機能が落ちてしまえば——。

食べているにもかかわらず、消化が遅すぎるために、栄養を摂取《せっしゅ》することができない。しかしながら、消化は続いているので残り少ないエネルギーは消費される。

「要は——食べるために使う力が、食事で得られる栄養を上回ってしまうんです。ゆっくりと栄養失調になってしまう。ディオネさんは、そのため空腹で倒れたんですね」

「そのようなことが……」

「普通の動物ではありえませんが、極端に代謝の低い生物で起こるようです。それに……暑い時は消化能力が低下しますから」

ディオネはおそらく、元々の消化能力が低い。

体重に対して相当に小食のはずだ。仮に人間と同じ新陳代謝《しんちんたいしゃ》だと、この巨体を維持《いじ》するために異様なほど大量に食べなくてはならなくなる。

ただでさえ小食なのに、消化機能が落ちていれば——あっという間に空腹状態になる。

「あらぁぁ～そうだったんですねぇぇ～」

ディオネは他人事《ひとごと》のようにのんびりと納得した。

「昔ぃぃ～、仲間が倒れることがあったんですがぁぁ～……今思うと、あれも空腹だったからなのかもしれませんねぇぇ～。あの時は、原因がわからなかったんですけどぉぉ～」

「……食べているのに栄養が足りない、というのは、自分のことでもなかなか実感しづらいかもしれませんね」

不調を感じても、それが食事中であれば、まさか自分が栄養不足とは思えないだろう。

「いえいえぇぇ～。今納得しましたからぁぁ～」

ディオネはえへへと笑っていた。

「しかし、ならば——どうしたら？」

里長が問う。

グレンは頷いて。

「まずは、栄養を補給しなければなりません。ハーピーの皆さん、手伝っていただけますか？」

グレンの言葉に、ハーピーたちが頷く。

ただでさえ巨大なディオネは、治療も一筋縄《ひとすじなわ》ではいかない。里のハーピーたちの協力が必要だ。

幸い、巨神は皆に好かれているようで、嫌な顔をするハーピーは一人もいなかった。

「お医者様、なんだかぴしっとして……大人になりましたねぇ～？」

ディオネがそう言う。

「あ、ありがとうございます……」

未だ空腹で倒れたままだというのに、そんな呑気《のんき》なことを言うディオネに、グレンは苦笑するしかないのだった。

とにもかくにも、栄養補給が第一だ。

まずは、サーフェが用意した栄養剤をディオネに打つことになったのだが。

「先生、ダメです」

栄養剤の入ったアンプルを手に、サーフェが告げる。

「やはりディオネさんの外皮が硬《かた》すぎて、普通の注射針が全く刺さりません」

「うーん、そうなるよね……」

ディオネの外皮は、あたかも樹木のごとく硬くなっている。

巨大すぎる自重を支えるために、ディオネ自身が木のような肉体を持っているのだが——そうなると、点滴《てんてき》によって栄養を補《おぎな》うことができない。

「ディオネさんに点滴するには、専用の針が必要だろうけど……作っている時間はないしね」

「はい。さすがにすぐには用意できません」

「となると、やっぱり直接食べてもらうしかないか……」

とにかく今のディオネには、栄養を摂取してもらうしかない。

点滴で補えないのならば、消化しやすいものを食べてもらうしかないが――。

問題は、今のディオネにその力が残っているかどうかだ。ディオネの症状は、消化能力が低下したことによる栄養失調。

消化に時間がかからない、柔らかく煮込《にこ》んだものであれば、すんなり栄養を摂《せっ》取《しゅ》できる可能性が高い。

「ディオネさん、お粥《かゆ》なら食べられそうですか？」

「あぁぁ～、お粥、好きですよぉぉ～♪」

グレンは頷いた。

消化に良いもの――たとえばミルク粥などがいいかもしれない。

「それじゃあ、すぐに用意します――」

ほどなくして。

グレンたちは里のハーピーたちに頼んで、粥を作ってもらった。

大鍋《おおなべ》に入った粥は適度に冷ましてあり、火傷《やけど》の心配もなかった。柄《え》の長い巨大な柄杓《ひしゃく》でかき混ぜているグレンの様子は、医者というより料理人であるが。

「さて――と」

グレンは。

ハーピーの若衆が組んでくれた足場の上に立つ。目の前にはディオネの顔。仰向《あおむ》けになったディオネの胸から顎《あご》にかけて、即席の足場ができていた。顔のすぐ前に足場が作られているのは窮屈《きゆうくつ》そうだが、当の本人は特に気にした様子はない。

もはや空腹で動けないディオネは、自分で食べることもできない。食べさせるのはもちろんグレンの役目である。

「ディオネさん、胃に負担がかからないよう、少しずつ召し上がってくださいね」

「はぁぁい～」

ぐわ、とディオネが口を開ける。

いつ見ても、グレンごと飲み込まれそうなサイズだ。グレンは以前のように足を滑らせないように気をつけながら、掬《すく》った粥をディオネの口へと運ぶ。

ミルク粥は煮込みすぎたせいで、もはやほとんど白いどろどろとした液体であった。見た目はあまり美味《おい》しそうには見えないが――。

今のディオネには固形物は良くない。原型をとどめないほど煮込むくらいで丁度《ちょうど》いいと思った。

「んんんん～……んっ、んぐんぐ」

もごもごと口を動かし、ディオネは食べ始める。

「んぐ、むぐ……」

咀嚼《そしゃく》は遅い。

ただでさえ動きの遅いギガスである上に、今は栄養失調だ。食事をとるだけのことでも力が入らないのかもしれない。

「むぐ……ん。ごくり」

グレンはその様子を見つめる。

焦らず急《せ》かさず、ディオネの動きに寄り添うことが大事だ。

「急がなくてもいいので、ゆっくり落ち着いて飲み込んでください。弱った消化器官ではそんなに食べられないので」

「ありがとうございますぅぅ～、でもぉぉ～、私、元々ゆっくりなのでぇぇ～」

にへら、とディオネが笑う。

のんびりとした気性はディオネの長所でもあるのだが――あまりに全てがゆっくりすぎると栄養失調になってしまう。

巨神として奉《たてまつ》られてはいるが、その実、他の生物よりも生きづらそうであった。

（だから一人だけになってしまったのかな……）

再び開けられたディオネの口を見ながら、グレンは思う。

ギガスが一人だけならば、それを診たことがある医者もまたグレンだけだ。クトゥリフは顔を合わせたことくらいはあるだろうが、診察したとは聞いていない。

ただ一人のギガスの健康をどう守っていくか――それもまた、グレンに課せられた使命の一つであった。

「あぁぁぁ～～～ん……」

ディオネが口を開けたまま待っている。

グレンは再び粥を掬い、ディオネの口に垂《た》らす。白くねばついた粥が舌《した》に乗ると、ディオネは。

「ん、んぐっ……」

もごもごと噛《か》んでから。

「むぐ……、んごごくっ」

しっかりと飲み込む。

「どうですか、お味は？」

グレンが何気なく尋《たず》ねると。

「んんん～～～……あの、やっぱりぃぃ～～～」

「やっぱり？」

「少なすぎるんですよねぇぇ～……」

ディオネが困ったように言う。

それもやむを得ない。グレンが柄杓で一回に鍋から掬う量は、ディオネにしてみればほんのわずかだ。食べた気がしないのも当然だろう。

「だからぁぁ～、味は……少ししかわからなくてぇぇ」

「そうですよね――すみません。でも今はたくさん食べるのは良くないと思います」

消化機能が落ちているので、量は食べられない。

グレンの横にある鍋も、人間では十数人分の大鍋であるが、ディオネにしてみれば一食にも足りないくらいだろう。

「いいえぇぇ～、元々、小食なほうですからぁぁ～」

「元気になったら、たくさん食べてくださいね」

グレンはそう言いながら、また彼女に粥を食べさせる。

足場の下の方では、サーフェが見守っているのが見えた。グレンは前に一度、ディオネの診察の際に足場を踏み外してしまったことがある。その時のことを思い出しているのだろう。

（まあ、そんなに何度も落ちたりしないよ…）

グレンは思う。

それなりに成長しているのだ、同じミスをするはずがない。

ディオネが再びあんぐりと口を開けた。以前、足場から落下した時は彼女の胸に埋もれ、あわや窒息死《ちっそくし》か、という事態に陥《おちい》ったが。

今足を踏み外せば、ディオネの口の中である。

「はい、どうぞ」

「んっ……んぐ……もぐ」

グレンが柄杓で掬った粥は。

そのまま、ディオネの口の中に落下する。歯の一本一本が、グレンの顔ほどもある。大きくうねる舌はまるで極太《ごくぶと》の蛇《へび》のようだし、粥を飲み込むたびに、喉《のど》の音が聞こえてくるかのようだ。

グレンはごくりと息を呑《の》む。

なにかの間違いでグレン自身が落ちてしまえば、ディオネにそのつもりがなくても、この巨大な歯列《しれつ》に噛み砕《くだ》かれてしまうかもしれない。

「んあぇぇぇ〜〜〜」

ディオネは、飲み込んだらグレンがなにも言わずとも口を開ける。

三度目、粥を掬って流し込むが——少し狙いがズレてしまった。ディオネの大きな唇《くちびる》に、粥がへばりつく。

「あ、すみません……」

「いえいえぇぇ～、大変ですよねぇぇ～」

どろりとした液体が、ディオネの唇から流れ始める。

下に落ちそうになるそれを、ディオネは舌を出して受け取める。グレンのすぐ足元を、巨大な赤い肉塊《にくかい》が通過した。

なんとも言えない光景だ。べろりとキレイにディオネは粥を舐《な》めとった。

「やっぱり、落とすのではなく直接口に入れないと……失礼かな」

足場を使っている関係上、グレンからディオネの口までは一定の距離がある。

粥を直接ディオネに食べてもらうには、足場の上でしゃがみこみ、腕を思いっきり伸ばす必要がある。

「……気にしなくていいですよぉぉ～？」

ディオネは大らかだ。

とはいえ、グレンのほうが気になる。グレンの腕では先ほどのように、また狙いを外す可能性があった。

「いえ、やはりちゃんと口に入れて食べていただきたいと思います。食事している感覚も、胃腸の働きを活性化させるために大事なことなので」

グレンは。

足場に膝《ひざ》をついて、手を伸ばした。粥の乗った柄杓を、ディオネに直接くわえてもらおうと狙う。

「んっ……む、難しいかな」

「あぁぁ～無理しないでぇぇ～……はむ」

グレンが無理な姿勢で食べさせようとしているのを見て。

ディオネが慌《あわ》てて、柄杓を口にする。巨大な舌が手のすぐ先で動く。

（よしよし……ちょっと厳しいけど……いける……！）

食事は、ただ栄養を摂取するだけの行動ではない。

味つけ。あるいは誰と食べるか。なにかのお祝いなのか。食事に関する様々な要素が、食欲と結びついていく。

単なる栄養摂取のための行動にとどまらず、食事を楽しむこと自体が、胃腸の働きを促進《そくしん》して、健康につながるのだ。

まして精神的な不健康は、まず胃に現れるものである。

グレンは悩む。

（とはいえ……）

柄杓を直接くわえてもらったことで、多少は作業感が薄れたものの――これがディオネにとって食事と言えるかは、わからなかった。

「えへへぇぇ〜」

などと思ったのだが。

ディオネの表情は、少しだけほころんでいた。

「ふふふ……嬉しいですねぇぇ〜。誰かにご飯を食べさせてもらうなんて、記憶にある限り初めてなのでぇぇ〜……」

「ディオネさん……」

「あーん……ができて、嬉しいですぅぅ」

「それはなによりです――」

グレンは微笑んだ。

同族のいないディオネには、食事を食べさせ合うなど望むべくもない。グレンは思わぬところで、ディオネに貴重な体験を与えることができたらしい。

（良かった……）

ディオネが笑顔を見せたのなら、夏バテで思うようにならない心も、少しは元気を取り戻すかもしれない。

このまま、上手《うま》く消化してもらえればいいのだが――とグレンが思った瞬間。

「ッ⁉」

気を抜いたせいで。

になっているようだった。

「ん、はもはもはも」

以前、彼女の胸に埋もれた時も、一度は助け出されたが――彼女が力加減を誤り、再び沈み込んでしまった。同じ轍《てつ》は踏まない。

なにか言おうとしているのか、ディオネの舌がずるずるとグレンを触っていく。

「んんっ、んもぅ……」

ディオネは口にグレンが入り込んでいるので、ろくに喋れない。

グレンの服は既《すで》に生温《なま》かい唾液《だえき》でぐっしょり濡《ぬ》れており、巨大な舌が体に触れるたびに、捕食の恐怖がグレンを襲《おそ》う。

ディオネにその気はないだろうが――。

「よい……しょっと……」

ひとまずグレンは、歯を支えに口の上に出ることを図《はか》った。

ディオネの舌がうねっている。舌先を上手く使って、グレンを吐き出そうとしているのだろう。とはいえ乱暴に口を開けて吐き出そうとすれば、足場のないグレンがどう体勢を崩すかわかったものではない。

だから、さくらんぼのヘタを結ぶように、舌を繊細《せんさい》に操作している――のだが。

（お、思った以上に大変だな……）

グレンは呻《うめ》く。

既に彼の全身は唾液まみれであるし、ディオネの舌も常《つね》にうねっているので支えにはならない。うっかり足先をディオネの喉に突っ込んでしまえば、異物感を覚えたディオネがむせたりするかもしれない。

（それは……避けないと……）

以前、ディオネがくしゃみをする場面に遭遇《そうぐう》した。

ただのくしゃみでさえ、恐ろしい余波《よは》であった。あの勢いでグレンが吐き出されてしまえば――空中に投げ出され、制御《せいぎょ》もできぬまま地面に叩《たた》きつけられる。

（――――）

グレンは最悪の場合を想像して、青ざめた。

つるつるしたディオネの歯を摑《つか》み、ずるり、と体を引き上げる。腹のあたりまで口の外に出た。

「よ、よし……あとはどうにか……」

そう思った時、ディオネの舌が、グレンの足先に触れた。

「んんん～？　んも、んごっ」

ディオネはグレンの動きを読み取ろうとしていた。

肉厚の唇が動き、グレンの動きを邪魔しないようになっている。先ほどからずっとディオネの唇に体が触れてしまっているが。

　これはキスになるのだろうか、などとどうでもいい疑問が頭をよぎった。

（……いや、そんな甘い行為じゃないな）

「んも～？」

　グレンの心を読み取ったように、ディオネが不思議そうな声をあげる。

「なんでもないです、ちょっと唇に触れますね」

「んもっ、んんんっ」

　この声を承諾《しょうだく》と判断して、グレンは唇に触れた。

　ここまで体を引き上げられれば、あとは自分でなんとか出られるだろう——グレンがそう思った瞬間。

「んぁぁあぁぁえぇええぇ～～～」

　一気にグレンの身体が持ち上がった。

「おっ、おおおっ……！」

「んべぇぇ～～～」

　舌からぐいいいと押し出される。

　グレンはそのまま舌に持ち上げられ、足場へと近づく。既に足場にはサーフェがおり、尻尾でグレンを引っ張り上げた。

「もう！　先生！　何度も何度もディオネさんに落ちないでください！」

「ご、ごめん、気をつけるよ……」

ディオネの診察は想像以上に体力を消耗《しょうもう》する。

体を鍛《きた》えねばならないかもしれない——とグレンは思うのだった。

「大丈夫ですかぁ～？　怪我《けが》がなくて……良かったですねぇ～」

唾液まみれだろうと気にせず手を引っ張ってくれるサーフェに感謝しながらも、グレンはディオネを見た。

「ありがとうございます、ディオネさん。助かりました」

「いいえぇ～、うっかり飲み込んじゃったら、大変ですからぁ～」

ディオネはいつも優しい。

グレンは己《おのれ》の不甲斐《ふがい》なさを恥《は》じつつも、のんびりとした彼女の気質に助けられたことを実感する。

「まあ、柄杓を落とさなかったのは偉《えら》いですね、グレン先生」

「う、うん……」

ディオネが飲み込んでしまわないよう、口の中でも必死に握っていたのだった。

「それじゃあ続き——は、ちょっと着替えてからにしますね」

唾液まみれで食べさせるなど衛生的に論外である。

粥も作り直さねばならない。

「いいですよぉ〜、食べさせてもらえるの、嬉しいので、楽しみにしていますぅぅ〜〜」

ディオネはにこりと微笑んで。

「あああぁぁぁ〜〜〜〜〜〜ん」

口を開けてみせるのだった。

洞窟《どうくつ》のようなディオネの口腔内――入ったら二度と出てこれなさそうなその空間に、グレンは少しだけ、寒気を覚える。

丸のみだけはされないよう、重々気をつけようと心に誓《ちか》うのであった。


グレンは、水浴びと着替えを終えて、改めてディオネに食事をとってもらった。

今度はディオネに食べられかけることもなく、実にスムーズに進んでいた。

粥を全て食べたディオネは、しばらく休んでいたが、むくりと上半身を起こした。そこまで体力が回復したらしい。

かと思えば――膝を抱えた姿勢で、ぐうぐうと眠り始めてしまった。横たわるよりも、丸くなって寝るほうが本人としてはラクらしい。横になって寝ることが、今までの生活でもほとんどなかったのだろう。

「良かったですね、ディオネさん、回復したようで」

「うん……食事、楽しかったからかな」

ディオネなりに楽しめたから、胃腸の消化力が戻ったのだとしたら、グレンとしても嬉しいことだ。

寝るにもまた体力が必要だ。空腹では眠れない。しっかり眠ってくれれば、夏バテもまもなく回復することだろう。

そして、根本的な問題――里の暑さに関しても。

ハーピーたちの活躍で解決しそうだった。

「……ハーピーさんたちも、行動が早いね」

「慣れているのだと思いますよ」

グレンが見上げるのは――。

ハーピーたちが里に生み出した日陰《ひかげ》であった。

「早速、アラーニャさんの断熱布が役に立ったかな」

グレンは、ハーピーの里にかけられた断熱布を眺《なが》める。

谷の両側を、ロープで固定して、いくつもの布が里全体を覆《おお》うようにかけられている。切り立った崖《がけ》に直接打ち込まれた留め釘《くぎ》は、容易には抜けないだろう。高性能の断熱布は日差しを遮り、里に快適な空間を生み出していた。

即席の天幕である。

里に余っていた断熱布を用いてすぐ、この天幕が完成した。

ディオネがまた暑さで消化機能を崩さないために、ハーピーたちが総出で作り上げたのである。

「これで巨神様の体調も戻られるでしょうか、お医者様？」

グレンを運ぶときに先導していた、若衆の頭《かしら》が尋ねてくる。

「はい、問題ないと思います。ディオネさんの消化能力が落ちないように、なるべく涼しくしてあげてください」

「かしこまりました」

「あと……嵐が来る噂もあるので、そちらも気をつけてくださいね」

「はい、存じております。この天幕もいざとなれば畳《たた》めるようになっておりますので、ご安心を！」

若衆は自信満々にそう答えた。

崖にある家屋が倒壊した時も、多くのハーピーたちはさほど慌てなかったように思う。災害には慣れているのかもしれない。

巨大なディオネが入れる家は存在しないが、崖に渡された天幕の下にいれば、ディオネも涼むことができるだろう。

「それでは」

若衆頭が作業に戻るのを見ながら、グレンは安堵《あんど》の息を吐いた。

「んぅ……？」

そんなやりとりを聞いていたのか。

ディオネが、寝息のような声をあげた。目をこすりながらあくびをする。話し声で起こしてしまったのだろうか。

「んん～、私、寝てたぁ……？　あれ？　なんだか涼しい……」

ディオネがほわああ、とまた口を開ける。

その口に飲み込まれたことを思い出し、グレンは少しだけ背筋《せすじ》が寒くなる。

「おおおぉぉ～、なんだか……日陰が……？」

「ハーピーの皆さんが、天幕をつけてくださったんですよ」

サーフェがディオネを見上げながら、穏《おだ》やかに語りかける。

「そうなんですねぇぇ～、えへへ、お世話になりっぱなしですねぇぇ～」

ディオネは笑いながら、帽子を脱いだ。

「その服も冬用ですし、動けるようになったら脱いでくださいね」

「はいぃぃ～そうしますぅぅ～」

ディオネは呑気であった。

本来はすぐにでも脱がせたほうが良いのだろうが、彼女の着替えを手伝えるものはこの里にいない。自分で脱いでもらうしかない。

ただ、天幕で作られた日陰は、川がすぐ傍《そば》であることもあって、快適な涼しさを保っていた。

急いで着替えなくても大丈夫だろう。

「……ギガスは、生きづらいですねぇぇ～」

ディオネが、ふと呟《つぶや》く。

「きっと、生きるのに向いていないんですねぇぇ」

「いえ、ディオネさん、そんなことは」

「ふふ、優しいですねぇ。でも大丈夫。わかってるんですよぉぉ。だって、食べながら栄養失調とか、おかしいですよねぇぇ。それがわかっていたら、ギガスが滅ぶことはなかったんですからぁぁ」

「――――」

グレンは言葉を失う。

南国の珍獣『怠け者』もそうだが――生物には時折、欠陥《けっかん》としか思えないような進化をするものがある。それは各々《おのおの》のやり方で環境に適応しただけであり、人間から見て奇妙であっても、必ずなにかしらの意味があるものだ。

だが。

逆に言えば、適応できない生物が滅んでいったのもまた事実だ。

生物の進化を研究するクトゥリフの話によれば、今まで数多《あまた》の動植物がこの世界から姿を消したのだという。

「…………もし、何千年も前、仲間が倒れた時もぉぉ――お医者様のような人がいたら、助けてもらえたのかもしれませんねぇぇ～」

「――――」

「ふふ、そんな顔しないでぇぇ～。無理な話だって知ってますからぁぁ。それに本当に深刻なことじゃないんですよぉぉ？　倒れた当の仲間が、ただの風邪かなぁぁ～？　なんて思ってたくらいなんですからぁぁ」

ディオネはくふふ、と笑う。

ギガスが滅んだ理由はいくつもあるだろうが――大らかで、細かいことを気にしなさすぎるのも、一因なのかもしれない。

何事も深刻にとらえない性格。

それは――危機感知の欠如《けつじょ》とも言い換えられる。

生物にとっては致命的すぎる特徴だ。

「ディオネさん。差し出がましいことを言うようですが――」

サーフェが見上げながら聞いた。

「お子様のことは考えていませんか？」

「……子どもぉぉ？」

「ギガスは種族として非常に特徴的ですが、それでも魔族です。多くの魔族が、人間と交配をして子どもを作れることがわかっています。ディオネ様が子どもを産みさえすれば、人間との交配を続けて、種族を絶やさないことも可能かと――」

「なるほどぉぉ……」

　生物学的には不思議なことであるが。

　魔族と人間はなぜか交配が可能である。リンド・ヴルムには異種族の夫婦も多いし、なによりグレンとサーフェも、やがて夫婦となる身だ。

　そしてその子どもは多くの場合、魔族としての特性を得る。アラクネのように、女性の魔族のみの場合は、女性はアラクネ、男性は人間となる。

　試してみなければはっきりとしたことは言えないが、ディオネも魔族の一種なのであれば、人間との交配が可能なはず――だ。

「……考えてみる気はありませんか、ディオネさん」

「――――」

　グレンも重ねて問うた。

　ディオネとていつかは死ぬ。ならばその前に、種《しゅ》の存続を図るのも大事なことだ。だがグレンはそれよりなにより――。

彼女が、同じ種族のものと食卓を囲む。そんな体験をする手伝いができたらと思った。どれだけディオネが皆に好かれていても、それは今は実現できないことの一つだから。

「嬉しいお話ですけどぉぉ～」

「……」

「私、他の種族と違いすぎるからぁぁ～。寝返りで潰《つぶ》しちゃうかもしれない相手をぉぉ～、彼氏？　夫？　……にするのは、ちょっと怖いかもしれませんねぇぇ～」

「そう、ですか」

「あるいはさっきみたいに、食べちゃうかもしれないしぃぃ～」

ディオネの言葉もまたある意味では厳然たる真実だ。

愛していれば生まれは関係ない――と、口にするには簡単だ。しかし人間とディオネのサイズ差で生じる障害は、愛でどうにかなるものではもはやない。

実際、ディオネの治療にあたり、グレンは不注意で何度も危険な目に遭《あ》っている。

それが治療を止《や》める理由にはならないが――巨大すぎる体は、人間にとってもディオネにとっても持て余さざるを得ないものだ。

愛という言葉だけで、その障害をなくすことはできない。

「すみません、余計なことを」

「いいえぇぇ～、良いんですよぉぉ～。それに私……カワイイお嫁さんにも、憧《あこが》れがありますからねぇぇ～」

えへへ、と頭をかくディオネだった。

「二人は……婚約したんですよねぇぇ～？」

「あ、はい。すみません、ご報告が遅くなりまして」

「いえいえぇぇ～。二人を見てると……結婚もいいなぁぁって、思いますよ～？　どこかに良い人、いませんかねぇぇ～？」

髪で隠れた視線が、グレンを見つめた。

どこかに、と言いつつ、何故《なぜ》かまっすぐにグレンのほうを見てしまう。

「でぃ、ディオネさんは長生きですから！　きっとこれからも長く生きられるはずです！　いずれきっと、良い男性が現れますわ！」

グレンが首を傾げていると。

サーフェがすかさず、そんなことを言い出した。何故かグレンの手に尻尾をがっちりと巻きつけてくる。

「？」

二人のやりとりの意味が解らず、グレンが首を傾げる。

「そうですねぇぇ～。いつか素敵《すてき》なお嫁さんになれたら……いいですねぇぇ～」

種の存続。

絶滅した最後の生き残り。

そのような切実な状況にもかかわらず、ディオネは相変わらずのんびり、のほほんとした顔つきで微笑むのだった。

「ディオネさんがより長く生きられるように……僕も尽力します。生態を解明して、いつでも健康でいられるように、配慮しますね」

「ありがとうございますぅぅ～。ギガスは生きづらいから……」

ディオネは、里を見回した。

彼女のための食事。彼女のための天幕。元より助け合いの性質を持つハーピーたちが、忙しく飛び回っている。

「生きづらいから滅んだギガスだけど……生きづらいからと、皆に助けてもらえるなら……それはそれで、良いことなのかもしれませんねぇぇ～？」

「そういう考えも――あるかもしれません」

「えへへぇぇ～。結婚しなくても……私は幸せ者ですねぇ」

ディオネは手をつないだままのグレンとサーフェを見て。

にへら、と笑うのであった。

グレンたちは一日、ハーピーの里に逗留《とうりゅう》することになった。

明日には『スキュテイアー運送』から迎えの馬車が来る。以前使っていた仮の住まいを貸してもらえることとなった。

「えへへぇぇ～。早速みんなでご飯ですねぇぇ～」

ディオネは、夕食もまた、木の実を入れた粥を食べている。

グレンもサーフェも、せっかくだからと河原《かわら》で一緒に食事をとった。ハーピーの里の果物や木の実を使った食事は、滋養《じよう》に富んでいそうだ。

――ちゃっかりサーフェが酒を飲んでいるのはまあ、いつものことである。

「そういえばぁぁ～」

ふと思い出したように、ディオネが。

「最近イリィちゃんが、山奥の泉に行っているみたいですけどぉ～なにかあるんですかぁ?」

などと聞いてきた。

グレンとサーフェは顔を見合わせた。そんな話は聞いてない。

「山奥の泉――ですか?」

「はいぃぃ～。最近忙しそうでぇぇ～、あんまり話してくれないから寂《さび》しいんですけどぉぉ～

……何故か里の奥の泉に向かってるんですよねぇぇ～?」

「そこは、なにかに使われる場所なのですか?」

「たまにハーピーさんたちが水浴びをするくらいでぇぇ～、特に変わった場所でもありませんよぉぉ～？」

グレンは首を傾げる。

確かにイリィは、いつも郵便配達で忙しく働いている。グレンも彼女の健康診断をしたいのだがなかなか捕まらない。

プラムとのケンカもあり、グレンとも顔を合わせづらいのかも——と思ってはいた。そしてケンカ相手のプラムもまた、なかなか姿を見せてくれない。

しかし、そんな立てこんでいる中。

わざわざ水浴びをするため、山奥の泉に行くだろうか。浴場ならば『スキュテイアー運送』にだって用意されているはずだ。

「僕も、人間領大使の件で、イリィの健康診断をしたいのですが——なかなか診察させてもらえないんですよね」

「そうだったんですかぁ～？　なんででしょうねえ？」

ディオネは首を傾げる。

（泉……にわざわざ行っていることと、関係が……？）

グレンは考える。

健康診断に向けて、泉でなにかしているのだろうか？　だがそれこそ水浴びにしか使われていないような泉で、なにをするというのだろう。

「よく来てくれたイリィちゃんがいないと――ちょっと寂しいですねぇ」

寂しそうにディオネがそんなことを言った。

「ディオネさんに顔を合わせづらい理由があるのかもしれませんね」

「？」

「街で同年代の少女と……ちょっとケンカをしてしまったようなので」

グレンは少し悩んだが。

ディオネには話しておこうと思った。空を飛ぶことが好きなイリィと、山頂でイリィを待つディオネ――初めて出会ってから、イリィは街であったことを、しょっちゅうディオネに報告している。

「ケンカした件を、ディオネさんには話しづらいのかもしれません」

「そうですね。優しいディオネさんに、気をもませてしまうでしょうから」

里で作られたイチジク酒を飲みながら、サーフェも同意する。

ディオネに心配させまいと、あえて姿を見せないイリィも、また優しいのだと思うグレンだったが――。

「そうですかぁ～。ケンカはダメですねぇ～……イリィちゃんが来たら、お医者様のところに行くよう、伝えておきますねぇ～？」

「ありがとうございます」

「みんな仲良くしましょうねぇぇ～。でないと……」

ディオネはちらりとその大きな目を覗《のぞ》かせて。

「いつかみんなでケンカし合って……滅んじゃいますから、ねぇぇ～」

巨体のディオネが告げる、あまりに重いその言葉。

長い戦争があったこと、実際にギガスが滅びかけていることを考えれば、ジョークとして容《よう》易《い》に聞き流せるものではない。

「えへへぇぇ～、なんちゃってぇぇ」

ディオネは相変わらず、呑気に微笑むが。

重量級の冗談に、グレンは笑うに笑えないのだった。

症例3　毛荒れのハーピー

「で……な、なんで私のところに来るのよぉ」

メメは涙目であった。

いつも涙目であるような気もするが、それはそれ。

彼女が『キュクロ工房』から任されているアクセサリーショップでは、連日多くの女性客が訪れる。

しかし――赤い翼を持ったハーピーが来るのは、その日が初めてだった。

「や。ちょっとメメに聞きたいことがあってさぁ」

初来店のイリィは、頭をかきながらメメと話す。

並べられている商品には目もくれない。だが一方で、メメをまっすぐ見ているかというとそうでもなく、微妙に目を逸《そ》らしていた。

どれだけ親しそうに話しかけていようが、それと苦手意識は別らしい。

ハーピーの本能に訴える大きな眼球を、正面から見据《みす》えるのはやはりまだ難しいようだった。

「メメさぁー、なんであのヴァンパイアの味方なんだ？　なんか弱みとか握られてんの？」

「そ、そんなことないわよぉ！　ていうか、べ、別にどっちの味方とか、ないし……私はできればケンカをやめてほしいって……」

「でも仲良さそうだったじゃん」

「ううう〜〜〜そんなことないわよぉ〜〜〜！　私なんかと仲良くしてくれる子なんかいるわけないでしょぉぉぉ〜〜〜!?」

謎の自虐《じぎやく》で力強く否定されてしまい、イリィのほうが困惑《こんわく》する。

「いやアタシとかルララとか……」

「だったらプラムも一緒よぉ！　みんな大事な友達でしょぉ!?」

「いやそれとこれとは……ん？　あれ？　そーなのか？　わかんなくなってきた」

イリィは元々複雑な思考が苦手である。

メメが自虐しながらも、みんな大事な友達だと宣言したことで、なにが問題だったのか忘れてしまった。

「ていうか、なんで泣きながらキレてんだよ……」

「アンタが変なこと言うからでしょ！　味方ってなによぉ！　友達の味方するのなんて当然でしょぉ!?」

「わかったわかった！　アタシが悪かったから顔近づけんな！」

大きな目が苦手なイリィが青ざめてしまう。

泣きじゃくっていたメメが、少しだけ息を吐いて。

「……いいからさっさと仲直りしなさいよぉ」

「いや仲直りっていうけどさ、別に元々仲良くもなかったし……高慢《こうまん》ちきで気にくわねーんだよな。アイツ」

「――そうでもないわよ」

自虐が一通り終わって、落ち着いたのか。

カウンターの金床《かなとこ》での作業に戻りながら、メメが呟《つぶや》く。

「あれだけ偉《えら》そうにしてるのは……下に見られるのが怖いだけよ、あの子」

「へ？　なんか知ってんの？」

「ええッ!?　い、いや、なにも知らないけど？」

イリィの指摘《してき》に、メメはその大きな眼球をさまよわせる。

「メメさぁ、顔……っていうか目で心がバレバレだぞ」

「ううぅ!?　な、なにも知らないってばぁ！　そんなに言うなら私もう喋《しゃべ》らないから！　なにも！　もう一切話さないからね！　むー！」

秘密を守るため、むー！　むー！　と呻《うめ》くメメだった。

イリィはため息をつく。メメはやはり、プラムとそれなりに親しいらしいが――だからといって無条件にプラムの味方をするわけでもないらしい。

彼女の言う通り、中立。

結局のところ、イリィがプラムと話せていないのは——誰が誰の味方であるかなど関係なくて、イリィの心持ちの問題に過ぎないのだろう。

「誰のせいでもないってのは、わかっちゃいるんだけどなぁ……」

「な、なにか言った？」

「いんや。なんでもない」

だからといって、自分の性格が簡単に変わるわけでもない。

心の問題だと自覚したところで、気の合わないヴァンパイアと上手《うま》く話せるようにはならないのだ。

などと思っていると。

「ちわーっす、メメっちいるぅー？　——げ」

「げっ」

アクセサリー店に、他の客が入ってきた。

まさに今、イリィの悩みの種《たね》となっているプラムである。気軽な感じでメメに挨拶《あいさつ》してから、イリィに気づく。

「あ、あわわわ……」

　プラムとイリィは、互いに睨《にら》み合ってしばらく動かない。

　メメがどちらの味方もできずに、ひたすら慌《あわ》てている。イリィは眉根《まゆね》を寄せて、しばらく動かなかったが。

「じゃ、アタシ、配達あるから！　メメ、じゃーな！」

　翼をばさりと振るって、ささっと店を出ていく。

　残されたプラムとメメは、そんなイリィを呆然《ぼうぜん》と見送るしかなかったが——やがてプラムのほうが、はあ!?　と声をあげた。

「ちょ、なにアレ！　感じ悪くない!?　挨拶もなしだし!?」

「け、ケンカしないようにさっさと出て行ったんでしょ……あと挨拶はアンタもしなかったじゃないの……」

「高貴なヴァンパイアは、他種族より先に挨拶しちゃダメって、パパが言ってたし！」

「アンタ……アンタねぇぇ」

　メメが大きな眼球で睨む。

　話をこじらせているのはその教育のせいだ——という思いが、眼球に大きく映っていたが、プラムは気にした様子もない。

「帰るにしたって、愛想《あいそ》良く別れるとか、あると思うんだけど！」

「それはアンタも同じよ……」

プラムの二面性を知っているメメは、少しずつプラムに対して遠慮がなくなっていた。きいきい怒り出すプラムを、半目で眺《なが》めている。

「ていうかアクセショップに来たんだから、あのハーピーもなんか買ってけし！」

「アンタは毎回買いすぎなのよ……新商品並べるのも大変なんだから……」

「んもう！　メメっちどっちの味方なの！」

「その話はさっきしたばっかりなの！　もー！　もー！」

イリィと全く同じことを言われ、メメが怒りだす。

作業用の小さなハンマーを持っているメメ。振り回しているわけではないが、プラムの顔が引きつった。

「わ。わっ。メメっちごめんて！　危ないから！」

「まったくもう――」

メメが大きなため息をつく。

自分にはあっさり謝れるのに、どうしてイリィにはできないのだろう――と思うメメだ。

プラムは全然気にした様子もなく、店内を物色《ぶっしょく》し始めていた。以前、イリィとのケンカで破れた服も、すっかり元通りだ。修繕《しゅうぜん》したのか、新しいものを買ったのかは不明だが、とにかくプラムに気にしている様子はない。

（プラムから謝ることは……なさそうね……）

メメは内心で思う。

墓場街のホテルで、人間領大使など無理だと泣いていたのが嘘《うそ》のようだ。

自分がイケてる女子だと思われたいプラムは、弱みを見せたくないはずだ。だからイリィには謝らない。それが自分の弱みだとわかっているから。

（取り繕《つくろ》うのは大事だけど……もうちょっと上手くやんなさいよ、バカ――ってああ、取り繕うのも苦手な私が考えるのもおこがましいけどぉぉぉ……）

頭を抱えてメメは悩んでしまう。

メメが望んでいるのは仲直りなのに、このままではいつまで経《た》っても、意地の張り合いを続けている。

「どうしたのメメっち、頭抱えて唸《うな》って？」

プラムが遠慮なしに聞いてくる。

「ううう～～～～、最近、友達がお店に来てばっかりだから…………うう、死ぬ。死んじゃうわ」

まったく嘘でもないが。

本心ともちょっとズレた言葉を返すメメ。

「？　友達ってあーしのこと？　いいことじゃん！」

メメの内心を知る由《よし》もなく、プラムは明るくけらけらと笑うのであった。

（でも――）

悩みながら、少しメメは考える。

（イリィの毛並み……なんかちょっと荒れてたような……）

ハーピーに限らず、体毛の手入れに気を遣《つか》う魔族は多い。

特にイリィにとって、翼は自慢だ。毛づくろいなど日常的に行っているだろう。職人としての観察眼は、毛羽立《けばだ》ったイリィの翼を捉《とら》えていた。

（うう、考えること多すぎて、熱が出そう……）

今にも発熱しそうなメメの悩みなど知らぬげに。

プラムは鼻歌を歌いながら、アクセサリーを眺めているのであった。


それからしばらくして。

リンド・ヴルム診療所では、グレンが診療記録を整理していた。

「うーん……」

連日の暑さは変わらずだ。

嵐が来ると言う噂《うわさ》は、リンド・ヴルム中に広まっていたが――天気は連日の晴天。熱中症にやられる獣人《じゅうじん》たちが増えている。

春だというのに異常な気象だ。

だからこそ逆に、いつ急転してもおかしくないと思えた。

「先生？　どうしました？」

サーフェがコーヒーを用意しながら、聞いた。

「いや、この気候でイリィたちも体調を崩《くず》してなければいいな……と思って」

「そうですね。健康診断、いつできるかしら」

「どこにいるかもわからないんだよねー」

イリィもプラムも、空を飛べる種族だ。

地を歩くグレンたちにしてみれば、足取りを摑《つか》むのが難しい。

「あの子たちが診療所に来るよう、ティサリア、アラーニャからも伝えてもらってはいるんですが――」

「やっぱり、健康診断って言われても、ぴんと来ないのかな」

医者は、患者に会わなければなにもできない。

自覚症状があるならともかく、病《やまい》の兆候《ちょうこう》もないのに病院に来る者は稀《まれ》だ。それを見つけるための健康診断であるのだが――。

まだまだ若い少女たちにとって、健康診断の優先度はかなり低いのだろう。

「二人とも、元気にケンカしてましたし――気持ちとしては、健康体の診断を下してあげたいですけどね」

「こらこら」

サーフェの言葉を、グレンがたしなめる。

「一見、問題はなくても、長旅に耐えられるかどうかは、また別の話だからね。ちゃんと診断しないと」

「もちろんわかっています。とはいえ……会えないことには」

「それなんだよねぇ」

コーヒーを飲みながらため息をつくグレンであった。

いつまでも先延《さきの》ばしにはできない。嵐が来る前に、イリィとプラムに会って診察しておかねばならないだろう。

「明日から時間を作って、二人を捜してみるよ」

「この暑い中、出歩くのですから……気をつけてくださいね。医者が倒れたら笑い話にもなりませんから」

「そうだね、注意する」

グレンは頷《うなず》きながら、やはりイリィとプラム、二人のことを考えていた。

特にイリィは、山奥の泉で水浴びをしているらしい。猛暑が街を襲《おそ》う今、山中の泉の温度も高くなっているのではないか。

（やっぱり早く診察したほうが――）

イリィの身になにが起きるか——それを想像して、グレンは眉根を寄せた。苦いコーヒーを一気に飲み干す。

その時だった。

「——あら？」

サーフェが振り返る。

すでに休診の札をかけているはずだが、入り口のベルが鳴ったのだ。

「どなたですか？　本日の診察はもう……」

待合室に向かうサーフェとグレン。

そこには——この暑さだというのに、ローブを着込んだ来客が一人立っていた。暗く、しかも俯《うつむ》いているせいで顔は見えない。

だが、ローブから覗《のぞ》く鳥の足が、ハーピーであることを示していた。

（イリィ……かな？）

赤い羽も少し見える。グレンは声をかけようとしたが、その前に。

「うわぁぁぁ〜〜〜ん！　先生ぇぇぇ〜〜〜〜〜〜〜〜っ！」

ローブを脱ぎ捨てながら、イリィのほうからグレンに抱きついてきた。

「ちょ、ちょっと！」

サーフェが抗議しようとするが、すぐに息を呑《の》んだ。

ローブを脱ぎ捨て、露《あらわ》になったイリィの羽毛が……毛羽立っていたり、逆立っていたりして、見るも無残《むざん》な様子なのであった。

「あ、アタシの羽、こんなになっちゃって……！　どうしよう……もう……どうしたらいいの～～ッ⁉」

「わかった、わかったよ。大丈夫だから落ち着いて」

もはや健康診断どころではない。

泣きじゃくるイリィをなだめながら、グレンはあくまで冷静であった。

予想が現実になってしまったのが、良いことなのか悪いことなのか考えながら。


「落ち着いたかい」

「う、うん……」

診察室でイリィは頷く。

頭頂の冠羽《かんう》が、へたり、としおれてイリィの感情を伝えていた。

「なにがあったのか聞かせてもらえる？」

サーフェが尋《たず》ねる。

「普通の生活で、そんなに毛が荒れることはないでしょう？」

グレンもまた、サーフェの言葉に頷いた。

多くの魔族にとって、体毛は健康の指標である。不調の際は獣人であれば毛並みに異常が見られ、ハーピーでも毛荒れが目立つ。原因は一様《いちよう》ではないが、人間の体調が顔色に表れるがごとく、体毛の異常は疾患《しっかん》を表している。

「うん……でも、わかんないんだよね。なんでこんなになったのか」

「食事や睡眠はちゃんととっているかい？」

「もちろん、ばっちり！　スラムにいた時からは考えられないくらい寝てるし、食べてるよ！　たまにお嬢の屋敷でご馳走《ちそう》とか出るし」

グレンは問診を始めていく。

イリィの過去がちらりと見えながらも、今は幸せそうである。となればなおさら、毛荒れの原因が気になる。

「――山奥の泉に行ったと聞いているけど」

「えっ⁉　何で知ってんの⁉　こっそり飛んで行ったのに……あ、巨神様から⁉」

「まあ、どこから聞いたかは内緒《ないしょ》、ということで」

実際、ディオネから聞いたのだが、それはそれ。

泉での水浴びを知られたイリィは、急に両の翼をすり合わせる。

「えーいやぁ……でも、それは多分、関係なくて……」

「一応聞かせてもらえるかい？」

「み、水浴びしてただけだよ！」

イリィが顔を赤くして、目を逸らす。

妙な反応に、グレンの医者としての勘《かん》が告げる。毛荒れの原因はおそらくその水浴びだと。

「……別に、リンド・ヴルムでも水浴びくらいできるでしょう」

「う、それは……」

「ちゃんと言わないと、治療もままならないのよ？」

サーフェの言葉に、イリィが顔色を変える。

自慢の羽毛が毛羽立ってしまったのは、イリィにとって相当ショックだったはずだ。だから取り乱しながら診療所まで来た。

サーフェもそんなイリィの傷心をわかっているからこそ、あえて厳しい言葉で真実を引き出そうとしているのだ。

「……翼を、キレイにしたくて」

「キレイに？」

「そう、アイツに……プラムに、翼を持ってるだけで調子に乗んな、って言われたから、カーっとなっちゃってさ……水浴びして翼をピカピカにすれば、アイツを見返せると思って、泉に通ってたの」

またわずかに涙声になりながら、イリィが少しずつ話してくれた。

「山奥の泉にわざわざ行ったのは？」

「……いきなりキレイになって、プラムを見返したかったのと……あの泉、里のハーピーたちの間で少し噂になってたんだ。あそこで水浴びすれば、羽がキレイになるって……話半分だとしても、行ってみるのはありかもって……」

「ふうむ」

グレンの好奇心がうずく。そうした噂が生まれたのも、なにか理由があるのだろうか。

たとえば山に近い泉のほうが、羽毛に良い栄養素を含んでる、など。

山の湧《わ》き水と、ヴィヴル川の水質の差は気になるのだが――今はそれよりもイリィのことである。

「でも……洗えば洗うほど、羽の調子が悪くなって……きっとまだ足りないんだ、もっと水浴びしなきゃと思って――」

「……どのくらい通ってたんだい？」

「一日三回くらい！　郵便配達の合間に……」

「――原因はそれだよ」

グレンははあ、とため息をついた。

イリィがきょとんとする。綺麗《きれい》になると噂の泉でも、水浴びしすぎればどうなるか――イリィは知らなかったらしい。

「水浴びのやり過ぎで、羽の表面についている『尾脂《びし》』がとれてしまったんだよ」

「びし？」

「鳥やハーピーが分泌《ぶんぴつ》する脂《あぶら》だよ。尾羽《おばね》のつけ根から出る脂を、全身に塗るだろう？」

「あー！　毛づくろいの時のピカピカするやつ!?　あれ脂だったの!?」

イリィが驚く。

人間でも魔族でも、自分の身体《からだ》のことを完璧《かんぺき》に把握《はあく》しているわけではない。ましてイリィはろくに教育を受けていなかった。他のハーピーには常識でも、イリィには抜け落ちている知識もあるかもしれない。

親から受け継ぐ知識、というのもあるが、イリィにはきっとそれもなかった。彼女の過酷《かこく》な子ども時代を想像すると、胸が苦しくなる。

「他のハーピーから聞いたりすることはなかったかい？」

「うーん……あんまり……羽の手入れの話とか、友達とできなかったんだよね。アタシ、翼は自慢しまくってるから……聞きにくくて……」

グレンは苦笑する。

翼はハーピーのステータスの一つだ。他にはない色、模様を持つイリィは、他のハーピーたちから憧《あこが》れの目で見られていた。

だからこそ、羽の手入れの相談をするのは、イリィからは弱みを見せるようでなかなか言い出しづらかったのかもしれない。

羽が美しくなる泉に頼ったのも、そうした理由があるのか。

「人間でも、魔族でも、ある程度の脂分で体を保護しているからね。ハーピーの場合は尾羽の根元から分泌する『尾脂』を、全身の羽毛に塗るんだ」

「確かに毛づくろいの時、体が勝手に……こうなる……」

イリィは。

翼を折り曲げて、翼と尾羽を器用にこすり合わせた。頭部も羽づくろいの邪魔にならないよう翼の内側に隠した。人間よりかなり首が柔らかい。「くしくし、ちゅぴ……」と妙な声を上げている。

尾脂による翼の保護は、飛行や体温維持《いじ》に欠かせないものだ。本能に刻《きざ》みつけられた行動なのだろう。

「でもでも！　水浴びでも砂浴びでも、羽がこんなになったことないよ！」

「そうだね、『尾脂』には撥水《はっすい》効果もある。でも温水になると、尾脂が溶けだしてしまうから……今年の泉、随分《ずいぶん》温かかったんじゃないかい？」

「そういえば——泉の水、ぬるかった。真夏みたいで……体が冷えないから、何度も水浴びできるからラッキーって思ってたけど」

「間違いなくそれが原因だね」

一日一回、温水を浴びるくらいなら問題ない。

だが日に何度も通い、あまつさえ積極的に温水を浴びていた。自分から翼の『尾脂』を落としに行っていたようなものだ。

「じゃあ、その……びし？　を塗り直せば、元通りになるの？」

「そうだね。あとは、水浴びを控《ひか》えること。何度も浴びればその分、羽がキレイになるというわけじゃないから……それはよくわかっただろう？」

「うん……わかった……」

イリィは、普段の快活《かいかつ》さはどこへやら、完全にしょげている。

自慢の翼を、さらに磨《みが》こうとした結果、羽がぼろぼろになるとは思わなかったのだろう。

「──プラムのヤツに言われたんだよ、自分磨きをサボってるって」

「それは、ケンカの時ね？」

サーフェの声に、イリィは頷いた。

「プラムみたいにじゃらじゃら着飾るのは趣味じゃないけど……でも、その通りだって思ったの。アタシの羽だけは、みんなにキレイだって思ってほしいから……それなら、普段からちゃんと手入れしなきゃって──」

「イリィ……」

「でも、やり方間違ってたんだね……ちゃんと自分磨きをしてからなら……見下したりされないで、対等に話せると思ったんだけど……」

グレンはなるほど、と納得した。

イリィなりに、プラムと仲直りの方法を模索《もさく》していたのだ。その対応が正しいかどうかはわからないが――。

イリィにしてみれば、ほかに思いつかなかったのだろう。

「そうだね――とりあえず羽を治してから、かな。よければ仲直りの相談にも乗るけれど」

「い、いや、いいよ……ていうか先生、友達っているの？　仲直りとかしたことある？」

「う」

痛いところを突かれ、グレンは呻《うめ》いた。

学生時代は勉強。今は仕事――およそ同年代の友人がいなかったグレンには辛《つら》い質問だ。

確かに仲直り以前の問題で、ケンカ友達、と呼べるような相手がいた記憶がない。イリィの無邪気な疑問がぐさりとグレンに突き刺さる。

「こらイリィ、本当のことでもそんなズバリ言っちゃダメです！」

「えっ!?　ほ、ホントにいねーの？　な、なんかごめん！」

無自覚に追い討《う》ちをかけるサーフェと、翼をはためかせて慌てるイリィだった。

「で、でもさほら、友達いなくても、奥さんたくさんいるじゃん！」

「あ、ありがとう……？」

慰《なぐさ》めなのかなんなのかわからない。

同年代の親しい同性を思い浮かべようとして、兄の顔しか浮かばない自分が嫌だった。しかも歳《とし》は十歳近く離れている。

「まあ僕の交友関係はともかく……まずはイリィの翼、落ちてしまった尾脂をなんとかしないとね」

「自分でできるよー？」

「いやいや、全身から落ちているからね。改めて塗り直さないと」

片や空を飛ぶため。片や水中活動のため、という違いはあれど。

理屈の上では、粘膜《ねんまく》が弱ってしまったルララの治療とよく似ている。問題は、ルララの粘膜は薬でなんとかなったが、『尾脂』は薬では容易に再現できないということだ。

鳥の羽というものは、空を飛ぶために最適化した形状をしている。『尾脂』は羽を清潔にしながら形状を保つための、非常に上質な脂だ。

これは鳥やハーピー自身から分泌されるもので、なかなか薬で代用ができない。

「それじゃあ、尾羽のつけ根を見せてね、イリィ」

「え――――えぇぇ？」

治療に必要な、その何気ない言葉に。

イリィは顔を真っ赤にして、戸惑《とまど》うのだった。

「それじゃ、失礼します」

「う、うう、恥《は》ずかしいよぉ……」

グレンが、イリィの腰に顔を近づける。

イリィの臀部《でんぶ》――ではなく、その少し上。腰から生《は》えている尾羽を観察している。尾羽は生え際からすぐに三房《ふさ》に分かれて、角度によって色合いの変わる七色を呈《てい》していた。

尾羽の先端には、クジャクのような飾りもある。フェニックスとしての特徴の一つなのだろう。

グレンは。

「う、うん……」

「少し持ち上げるね」

尾羽をつけ根から持ち上げた。

すると、尾羽に隠れていた部分――人間でいえば尾骶骨《びていこつ》のあたりに、羽毛に覆《おお》われた穴が一つ見える。よく見なければわからない器官であるが、そこからはわずかに液体が染《し》みだしていた。

鳥にも存在する、『尾脂』を分泌する器官である。

尾脂腺《せん》と呼ばれるその穴を、グレンはじっと見つめた。

「ううう〜〜、お、お尻《しり》見られてるみたいで恥ずかしい――」

「尾脂が出てくる場所を見てるだけだよ」

「わ、わかってるけどぉ」

尾脂はその名の通り、尾から分泌される脂分である。

これがハーピーの尾羽に塗りこまれる。そして、毛づくろいを通して全身の羽毛をコーティングする。

「じゃあ、ここから尾脂を採取して、イリィの羽に塗っていくからね」

「せ、先生なら大丈夫だと思うけどさぁ……乱暴にしないでよ？　アタシの大事な羽なんだからね……」

「うん。わかってるよ。尾脂がない状態を放置すると、飛べなくなったり、虫がついたり……いろんな悪影響があるからね。イリィの健康のためにも、丁寧《ていねい》にやらせてもらうよ」

イリィは首をこちらに向け、心配そうだ。

グレンはブラシを取り出した。毛先が柔らかい、羽の手入れをするためのものだ。

「それじゃあ、失礼するね」

「ううう〜〜〜匂《にお》い嗅《か》いだりしないでよ？　ねえ」

「そんなことしないから。大丈夫」

グレンは苦笑しながら、ブラシを尾脂腺にあてがった。

すぼまった羽毛の中心から分泌されている液体を、ブラシにとる。

「んっ……あ、うっ……」

尾脂腺を撫《な》でられて、イリィが声をあげた。

「――うん、尾脂腺に異常はないね」

尾脂が落ちたのは水浴びのせいだと診断したグレンだが――一割程度、尾脂腺の異常による尾脂の不足の可能性も考えていた。

だが、ブラシで拭《ふ》き取った尾脂は十分な量で、ブラシの毛さえもつやつやと輝かせていた。

「それじゃあ、羽毛に塗っていくね、まずは尾羽から」

「う、うん……ひゃんっ！」

腰を突き出した姿勢で、イリィが震える。

グレンが目の前にある尾羽を手に取り、ブラシを優しく当てていった。

「ひっ、ひぃん……ちょ、ちょっとぉ……こそばゆいんだけどぉ……！」

触れるか触れないかの手入れがむしろイリィにはもどかしいらしく、背中がふるふると震えている。その様子は本当に憶病《おくびょう》なインコのようだった。

「うんっっ！　あっ、やっ、ひゃ……ッ！」

「ごめんね。でも強くこすると、羽が傷ついてしまうから――一枚だって抜けるのはイヤだろう？」

「そ、それはそうだけどぉ……っ！」

イリィは顔を赤くして震えている。

そんなイリィの心に連動するように、尾羽もぴくぴくと動いていた。羽のつけ根は筋肉と繋《つな》がっており、ある程度までイリィの意思で自由に動く。

「あまり動かしちゃだめだよ」

「あっ……んぁっ……うっ……わ、わかったぁ……！」

イリィも我慢《がまん》はしているようだが、なかなか耐えきれないらしい。

グレンは羽の方向が一様《いちよう》になるように、尾羽のつけ根から先端まで、優しくブラッシングしていく。

尾脂の効果はすさまじく、数回のブラッシングで、イリィの尾羽が輝くような艶《つや》を取り戻していく。

東では高級食器などを保護するため、ウルシという植物の樹液を用いることがある。尾脂もそれを同じように、羽に艶を与え、汚れや雑菌からハーピーを守るための役割を果たしているのだ。

「よっと」

「ひゃっ!?」

グレンが再び、尾脂腺にブラシを当てた。

腰の穴に触れられ、イリィが声をあげる。グレンは構わず、ブラシに尾脂を補充していく。

「さぁ、もう一回やるからね」

「う、うんっ、がっ、頑張るぅ……！」

羽というのは、一見するとひと塊《かたまり》の器官に見えるが。

実際は硬《かた》い芯《しん》――羽軸《うじく》を中心に、細かい毛が寄り集まってできている器官である。その細かい毛を整え、保護するものこそ尾脂である。

細かい毛の一本一本まで尾脂が行き渡るよう丁寧に行う必要がある。

「んっ、ひゃ、やぁん……」

根元から先端まで、万遍《まんべん》なく尾脂を塗り広げていく。

「ひ、ふんっ……あぁ、あうっ……」

「うん――こんなところかな」

輝きを取り戻した、イリィの真紅《しんく》の尾羽を見て、グレンは頷く。

ブラッシング自体は何度も経験があるし、グレン自身も得意だという自覚があった。イリィの羽毛の生え方を的確に見極《みきわ》め、傷つけない程度の優しい力加減で羽毛の向きを整えていくその様《さま》は、グレンの技量を示していた。

「どうだい、イリィ。大分改善したと思うんだけれど」

「え――あ、もう終わったの？」

グレンの手技《しゅぎ》に悶《もだ》えていたイリィが、柔軟な首を使って後ろを振り向いた。

赤くつやつやと輝く尾羽を見て――。

「おおお――――ッ！　すげぇぇ――――ッ！」

ぼろぼろだった羽毛の復活に、甲高《かんだか》い声をあげるのだった。

「こんなに変わるの!?　あんなに毛羽立ってたのに」

「尾脂が不足していただけだから、塗り直せばすぐ元通りになるよ」

「ほおぁぁぁ……！」

羽だけでなく。

イリィの瞳《ひとみ》もキラキラと輝いていく。魔法のようなグレンの技術に、すっかりイリィの心は奪われていた。

「はい、小休憩《きゅうけい》。しっかりこれを飲んでね」

サーフェがするりと、治療室に入ってくる。手にしたグラスには、オレンジ色をした液体が入っていた。

「へ？　なにこれ」

「人参《にんじん》をはじめとする野菜を絞《しぼ》ったジュースだよ。尾脂を出すにも栄養が必要だからね。特に野菜の栄養素が大事なんだ」

サーフェの代わりにグレンがよどみなく答えた。

元々、そのジュースは、診察前にサーフェに作ってくれるよう頼んでおいたものだ。

「野菜は嫌いかい？」

「ううん！　好きだよ。お嬢の屋敷でも時々出るし」

イリィは八重歯《やえば》を見せてにかっと笑ってから、ニンジンジュースをごくごくと飲み干した。

健康的でいいことだ、とグレンは思う。

「ぷっはぁー！　うっめぇー！」

「そうでしょうね。アルルーナ農園の採《と》れたてよ。もう一杯作ってくるわね」

サーフェが微笑《ほほえ》んでそう言った。

必要なこととはいえ、硬いニンジンをみじん切りにして絞るのもなかなか手間《てま》である。そつなくこなしてくれるサーフェの存在はありがたい。

「それじゃあ、続きをやろうか。今度は肝心《かんじん》の――両手の翼を」

「うん！　こっちもピカピカにしてね、先生！」

イリィがにこにこと答える。

診療所にやってきたときの不安そうな顔はどこへやら――尾羽が回復したことによって、すっかり本来の明るさを取り戻していた。

言うなれば、羽毛のコンディションが、イリィ自身のメンタルに直結しているのだ。

翼の輝きを取り戻せば、イリィはより前向きになれることだろう――それが、プラムとの仲直りに繋がればいいと思うグレンであった。

「それじゃあ、翼を広げてもらおうかな――クッションがあったほうがいいかも」

グレンは、妖精たちに頼んでクッションの用意をする。

すぐに運ばれてきたクッションはかなり大きめのものだ。そのまま椅子《いす》としても使えそうな大きさである。

「これに乗ってね。腰かけるんじゃなく、お腹《なか》を当てる感じで」

「へ？　……こう？」

妖精たちが運んできたクッションに、イリィは腹から乗った。

腹部をクッションで支えられたまま、四《よ》つん這《ば》いのような姿勢になる。普通に椅子に座ると、尾羽のつけ根から尾脂をとれなくなるので、この姿勢になってもらったのである。

「うん、ありがとう。それじゃあ始めるね、右の翼から」

グレンが、イリィの翼を手に取って広げた。

彼女は魔族の中では小柄《こがら》に思えるが、翼開長は相当なものだ。片翼《かたよく》とはいえ、広げればそれなりのスペースを占《し》める。

まずグレンはイリィの後ろに回り、尾羽に隠れている尾脂腺にブラシを当てた。

「んっ、ま、またぁ……！」

イリィがくすぐったそうに身をよじるが、必要なことなのでグレンは構わずに続ける。そのまま、まずは右の翼からブラッシングをしていった。

「んっ……ひゃっ……あう……っ！」

イリィがまた声をあげる。

恥ずかしいのか、声が出ないように左の翼で口を押さえている。グレンはそのままイリィの背後から、ブラシで翼を撫でつけていった。

「ああっ……うんっ……や、優しくしなきゃヤだよ……？」

「大丈夫、怖くないようにやるからね」

「うっ、ひゃうっ、あんっ！　いひゃっ！」

イリィにとって美しい翼は、自分の命と同じくらいに大事なものなのだろう。

グレンは裏側から、翼の生え方に合わせてブラッシングを続けていく。毛羽立った箇所、傷《いた》んでいる羽を修復するように丁寧に撫でていく。

「ううぅぅ～、こ、こそばゆいってぇ……ひゃ、んっ、うんっ……！」

イリィが身じろぎするが、グレンはイリィに覆いかぶさるようにして、翼を固定してるので、容易には動けない。

「続けるよ――」

グレンは更《さら》に尾脂を塗りつけていった。

「あっ、あうっ……ひゃ、あっ、んんんんっ！」

尾羽のつけ根――尾脂腺から脂を採取するたびに、イリィが甲高い声をあげる。

尾脂腺は本来、あまり触れるべき場所ではない。自然と染み出す尾脂を、毛づくろいで尾羽から全身に広げるものである。

しかし今のイリィの翼には、大量に尾脂が必要だ。長距離の飛行もこなすイリィの翼は、胴体と比べて大きめである。

「あっ！　やうっ、はぁんっ！　ひゃ、あんっ！」

イリィが悶えていく。

(これは……ちょっと時間がかかるな。丁寧にやろう)

ブラッシングをしながら、グレンはそう思った。

イリィの赤い翼は、彼女が自慢するだけあって工芸品のようだ。しかし今は、鮮やかな色はそのままであるが、毛荒れによって発色にはムラがあり、美しさよりも痛々しさが目立つ。グレンはブラシで、荒れた個所を一つ一つ補修していった。

「んぅ……あっ」

しばらくしてから。

イリィの反応が変わっていく。

声が出ているのは同じであるが、明らかに全身から力が抜けていた。

「ふぅ……はぁ、ぁん……」

「もう痛くないかな？」

「う、うん……まだちょっとくすぐったいけど……なんか慣れてきたっていうか」

「リラックスしてきたのかもね」

ただでさえ長丁場《ながちょうば》の治療だ。

触られる感覚に慣れて、適度に力が抜けたとしてもおかしいことはない。

「んー……あぅ……もっとしていいよぉ」

「うん。まだまだ半分以上残っているからね」

グレンは苦笑しながら、治療を続けていった。

「んっ……ふぅんっ……んっ」

「ん？　眠いのかな？」

イリィが夢見心地《ゆめみごこち》な表情でうとうとしだす。

クッションで体を支えられているため、イリィ自身にはまったく負担がかかっていないのもあるだろう。ベッドに横たわっているのと大差ない。

「寝てしまってもいいよ、まだまだ時間かかるからね」

「んん……や、起きて……るぅ……」

イリィはそう言うが、彼女は既《すで》に半睡《はんすい》状態であった。

グレンは苦笑しながらも、眠ってしまうイリィを、優しい兄のような眼差《まなざ》しで見つめるのであった。

イリィはスラム育ちだ。

育ての親というべき存在もいない。魔族領を点々として、その時々でストリートチルドレンのような者たちのもとに身を寄せていたが、結局どこも長居はしなかった。

ケンカっ早いのが理由だった。

物心ついたときにいた街では、面倒《めんどう》を見てくれていた獣人と意見が合わなかった。彼と敵対すると、すぐに街を出た。

別の街では修道女たちが可愛《かわい》がってくれたが、その中に口うるさいシスターがいて、嫌になって逃げだした。

そうして生きてきたイリィ。

誰かとそりが合わず、ケンカし、蹴《け》る引《ひ》っ掻《か》くの勝負をして、また別の街に飛び出していく
――そんなことを繰り返してきたイリィ。

それは即《すなわ》ち――仲直りの仕方がわからない、ということだ。

（なんなんだよ、アイツ）

リンド・ヴルムでは、上手くやっているつもりだった。

ルララも、メメも、ハーピーの里の少女たちも皆、優しい。イリィ自身も、なるべく争いに

ならないよう、明るく振る舞っていたつもりだった。

――プラムが出てくるまでは。

(最初からあんなにケンカ腰で……仲良くする気なんてないだろ)

今までであれば。

リンド・ヴルムに居つく前だったなら――プラムと大ゲンカしたのなら、嫌になって他の街に移っていたはずだ。

だが、今は違う。

仕事もあるし、友達もいる。

プラムとケンカしただけで――今の生活を投げ捨てる気は、イリィにはなかった。ならばイリィは、プラムと仲直りしなければならない。

ならない、のだが。

(どうしたら――いーんだろ……)

仲直りなんてしたことない。

居心地が悪くなればその度《たび》に、スラムを転々としていたイリィは、誰かと関係を修復するなどという経験そのものがない。

羽毛に触れる柔らかな感触を味わいながら、半分夢の中で、イリィは考える。

(仲直りの仕方はわかんねーけど……アタシだって、わかることはある……)

一つ。

プラムは、イリィの生まれ持った翼が羨《うらや》ましかったのだ。自前の翼だけで確固たる自信を持ち、着飾る必要はないと言いきったイリィに嫉妬《しっと》した。

イリィ自身がなによりも翼を誇りに思っている——だから、嫉妬されたことには確信がある。

そしてもう一つは、プラムだってまた、イリィと関係修復しなければならないということだ。

彼女だってリンド・ヴルムを離れられない。イリィのように遠くへ飛び立てないならなおさらだ。そしていつまでも墓場街に引きこもっていることもできない。プラムの大好きなアクセサリーを買うには街に来るしかない。

ならば。

いつまでもケンカしたままではいられない。そのことだけは、イリィにもわかっていた。だからやり方を模索して。

自慢の羽までぼろぼろにしてしまったのだが。

(アタシは大丈夫……ちゃんとできる……)

イリィはそう思っていた。

(翼がちゃんと元通りになったら……アイツと話してみるんだ)

プラムのことばかり考えるイリィ。

面倒くさくて、プライドの高い女だけど——この街で暮らすのならば、そんな相手とも上手くやらなければならない。

だから。

だから自分は――。

「ひゃんっっっ!?」

夢見心地のイリィは。

唐突《とうとつ》なくすぐったさに、目が覚めた。自分の声に驚くように、微睡《まどろ》んでいた世界から一気に覚醒《かくせい》する。

そこで、イリィの目に飛び込んできたのは、すぐ傍《そば》でブラッシングに執心するグレンだった。


「んっ！　ひゃうっ、な、なにっ……！」

「あ、ごめんね、起こしちゃったかな」

ブラッシングを受けながらうとうととしていたイリィが、目を覚ます。

グレンの治療は丁度《ちょうど》、翼の先端に差しかかっていた。イリィは冠羽をぴょこぴょこさせながら動揺している。

「もうすぐ終わるからね」

「ひっ……んひゃあうっ……ちょ、ちょっとぉ……優しくするって――」

「優しくしてるつもりなんだけどな……」

ハーピーの翼は風を捉《とら》え、豪快ながら繊細《せんさい》な操作をすることで空を飛ぶ。同じようにブラッシングしても、羽毛の場所によっては刺激的に感じるかもしれない。羽の一枚一枚を丁寧に撫でているから尚更《なおさら》だ。

「でもほら、大分キレイになっただろう？」

「えっ……あ、うん――それはそうだけど」

イリィの羽は見違えるように輝いている。

まだ毛羽立っている箇所もあるが、それはイリィ自身が羽づくろいすれば治る程度のものだった。グレンのブラッシングがそれだけ上手いものだったということだ。

「それじゃあ、最後の仕上げかな――」

「えっ、んんんっ！　ひゃっ、な、なんでそんな、先だけ……！」

「風切羽《かざきりばね》のあたりはより丁寧にやらないと、飛行に影響が出るからね」

「あ、そっか、なるほど。じゃ、じゃあ飛べるように、ちゃんとやってね！　……んっ、ふん、ひゃううっ」

グレンの説明に納得するイリィであるが。

それで触覚が変わるわけでもない。飛行に必要な羽はその分、神経とも繋がっている。

「痛くはないかい？」

「い、痛いわけじゃないけどぉ……ひんっ、んんっ！　あふ、く、くすぐったいってえ」

グレンは頷いた。

羽毛自体に神経は存在しないが、特に風切羽などは深く筋肉と繋がっている。さわさわと尾脂を塗られる感触が、なにかイリィにじれったいような感触をもたらしている。

「んっあっ……うっ、ちょっとぉ……！」

グレンは、再び尾羽に触れる。

定期的に尾脂腺から尾脂を採取せねばならないのだが――。

ブラシを使ってイリィの腰に触れているわけで、事情を知らない者が見ればぎょっとするかもしれない。

尾羽を持ち上げて、尾脂腺を撫でると。

「んっ、いっ……んっぁうっ……！」

さすがに刺激的なのか、イリィがまた、悶える。

イリィの服は、腰から生えている尾羽が邪魔にならないようになっているので、なにも服をずらしたり、脱がせているわけではないのだが――。

腰を触れられて悶えるイリィの姿は、誤解を生みそうだ。

「ひゃっ……あう、うんっ……！　んんんんっ！」

尾脂を塗りつけたブラシで、ひときわ大きい風切羽に触れられて。

イリィの身体が跳《は》ねる。風切羽は大きい分、イリィの肉体と深く繋がっているのかもしれなかった。

「はい、これで最後かな」

「んんんんっ！　あう……ふう……！」

グレンがブラシを離すと。

イリィがクッションの上で脱力した。ピカピカになった翼も、力なく垂《た》れさがってしまう。

「ううぅぅぅ～～～～もぉぉお……！　なんでいつも先生に診察されると、こんなになっちゃうんだよぉ～～～～」

クッションに体を支えられたまま。

なにか気に入らないようで、イリィが足と翼をばたばたさせる。

「いや、僕に言われてもな……」

グレンもなんとも答えようがなく、苦笑するしかない。イリィはなぜか涙目になって、グレンをじっと見つめた。

「これで治ってなかったら……怒るからなー」

「大丈夫だよ。自分の翼を見てごらん」

グレンが指し示したのは、イリィの翼。

赤を基調とした七色の翼は、すっかりその発色と輝きを取り戻していた。尾脂による羽毛の保護効果は劇的であり、見違えるようだ。

「うん——良かった。ありがと」

イリィは。

ちょっと照《て》れ臭いのか、グレンから目を逸らして——ぼそりとそう言うだけだった。面と向かって感謝の言葉を述べるのは恥ずかしいのだろう。

「ううん、どういたしまして」

グレンも、そんな彼女を見て、微笑むしかない。

ルララもイリィも、メメもプラムも——思春期の女の子は、みんな複雑だな、と思うばかりであった。


「尾脂をたくさん出したから、今日はしっかり食べなさい」

その日の晩。

イリィは診療所に泊まることになった。患者としてではなく、客人としてだ。尾脂を分泌するのに使われた栄養素を補わなければならない。

そのため、診療所に泊まって栄養を取ってもらうことになったのだ。

「うーん……いつもはあんまり満腹になるまで食べないんだけど……」

「それは飛べなくなるからだね」

グレンは苦笑する。

ハーピーは、少量の食事を分けて食べる。ナッツ類など、少量で栄養価の高い食事をとることも多い。

全《すべ》ては飛行のためである。満腹になると飛行に支障が出るからだ。水も胃が膨《ふく》れるほど飲むことはなく、常《つね》に満腹でも空腹でもない状態を維持している。

だから、出された食事を見て、イリィが戸惑っているのだ。

頻繁《ひんぱん》に飛び回るイリィは、あえて満腹になることを避けていたはずである。

「今日は疲れただろうし、飛ぶことは気にしないで多めに食べるといいよ。ハーピーの里への連絡は――」

妖精に手紙を持たせようか、と思ったグレンだが、イリィは首を振った。

「あ、それはヘーキ。アタシが街で仕事してるの、里長《さとおさ》も知ってるし……お嬢のとこに泊まることも結構あるから！　子どもじゃないしいちいち連絡しなくてもいいよ」

「それは良かったわ。なにもないけど、ゆっくりしていって」

サーフェが並べた食事に、イリィは目を輝かせている。

「先生。議会への報告はどうしますか？」

席に着くなり葡萄酒《ぶどうしゅ》をあおりながら、サーフェが聞く。

「へ？　なんの話？」

ローストビーフを口にしながらイリィが目を丸くする。

「健康診断よ。何度も来なさい、って伝えたでしょ」

「あーっ！　忘れてた！　……なんか来づらくて」

肉を噛《か》みながら、イリィが気まずそうに眼《め》を逸らす。やはりプラムとのケンカのことを気にしているのだろうか。

「イリィは毛荒れ以外に疾患《しっかん》はなかった。本人も健康だし、議会への報告は異常なしで大丈夫だよ――人間領には問題なく行けるね」

「わかりました。そのように」

横で聞いているイリィは浮かない顔だ。

「――人間領かぁ」

魔族と人間の交流を図る、人間領大使。

しかし一時期、人間に捕らわれていたイリィの気が進まないのは、当然だった。そもそもプラムとのケンカの一因《いちいん》も、そこにあったと聞いている。

「東に行くのはイヤかい？」

「行くだけなら嫌……じゃない。先生に手紙を届けたこともあったしね」

グレンが里帰りした時のことを言っているのだろう。

速達を届けてくれたのはイリィだった。大陸の端から端であっても、イリィにしてみれば身一つで行ける距離なのだ。

「ただ、アタシ、魔族代表なんてガラでもないから……ルララとかメメのほうが、みんなに好かれてるし……いろんな意味で気が乗らなかった。でも」

「でも？」

「アタシ、プラムよりは人気あると思う！」

対抗意識の燃やし方がイリィらしくて、グレンはつい笑ってしまった。

サーフェも横を向いて笑いをこらえている。葡萄酒を噴《ふ》き出さないか心配であった。

「アイツには負けたくない！　散々《さんざん》バカにされたし！」

「……仲良くしなきゃダメだよ」

「う。わかってる……」

グレンの言葉に、イリィはまた眉《まゆ》を下げた。翼の一部で器用にフォークを引っかけ、サラダを食べている。

仲直りは遠いかな、とグレンは思ったが――。

「いいじゃないの、別に」

グラスをいつものように尻尾《しっぽ》を使って持ちながら、サーフェが言った。

「へっ？」

「ケンカは困ります。先生の仕事がむやみやたらに増えるし、皆も心配しますからね――でも大使選挙の投票で、どちらが人気があるか勝負するだけなら、誰も困らないでしょう？　そういうやり方で白黒つけたいのであれば、思いっきりやればいいじゃない？」

「……仲悪くてもいいの？」

「殴り合い、引っ掻き合いは困る、というだけよ。大使を選ぶ住民投票は、リンド・ヴルム議会が主導でやってることだもの——それで勝負して、お互い満足するのであれば、それはそれで一つの決着でしょう」

「そっか——そういうもんか」

イリィが納得したように、呟く。

グレンは内心、ハラハラしていた。ルララもメメも、二人の争いは望んでいない。それを助長するようなサーフェの言葉は少し怖いが——。

「私とティサリアだって、別に仲が良いわけではないもの」

「……同じお嫁さんなのに？」

イリィが目を丸くしている。

グレンから見れば、サーフェとティサリアはそれなりに相手のことをよくわかっているように見えるのだが——。

それと『仲が良い』は違うのかもしれない。

「同じお嫁さんだからよ。グレン先生のことは、お互い譲《ゆず》れないの。まあ、なんだかんだで重婚という形にはなりましたが——正妻は私ですからね」

「それならアラーニャさんもそうだろ？」

「そこは結構複雑で、私はアラーニャとは仲が良いけど……むしろティサリアとは相性が悪いというか……上手く言葉にできないのだけれど」

グレンの婚約者三名。

皆、上手くやっているように見えるのだが、それぞれが抱いている想いは複雑なものがあるらしかった。

そこを察し、夫としてそつのない行動ができればいいのだが——そこは仕事人間のグレンである。そんな甲斐性《かいしょう》は持ち合わせていない。

これから精進《しょうじん》せねば、と思うばかりだ。

「とにかく、譲れないものは誰にでもあって、それは常に誰かと衝突するのよ。仲が良いとか悪いとか、関係なくね」

「………んんん？」

「それでも今は、同じ人を好きになって、まあなんとか上手くやってるの」

話がこんがらがってきたのか。

イリィが首を大きく傾《かし》げる。悩んだイリィの顔には、『難しいことは考えられない！』と書いてあるようだ。

「だからね、イリィ、仲直りするにしても——途中でいざこざがあるのは仕方ないわ。それなら怪我《けが》しない方法で思いっきりやりなさい」

「――ん、あれ？　なんかお嬢も同じようなこと言ってたような……」

過去の話をいま思い出したのか。

イリィの冠羽がぴこんと上を向き、彼女のひらめきを伝えた。

「ああ、そうそう！　相手を平和的にぎったぎたにしてやれ！　ってお嬢が言ってたんだ！　つまりそういうことだろ？」

「全然違います！　元蛮族《ばんぞく》の言葉と一緒にしないで！」

「やっぱ蛮族なのスキュテイアー……？」

ティサリアへの風評被害に、グレンはどんな顔をすればいいのかわからない。

「とにかく、わかった！　人間領大使選挙で白黒つけるよ！」

サーフェが焚《た》きつけ、イリィがそれに乗る。

（だ、大丈夫かな……）

グレンは不安になるが――ケンカっ早いイリィにとっては、それが一番いい方法なのかもしれない、と思い直す。

「プラムもさ、どっちが上か決めたいみたいだし！」

「そんなことは……」

「いや、絶対そうだよ。だって多分、アイツ、アタシのこと好きだから」

イリィがそう何気なく言ったので。

グレンとサーフェは揃《そろ》って首を傾げてしまった。

「好き……というのは？」

「あ、アタシじゃなくて……アタシの翼かな！　プラムのやつ、キレイなの好きだからアタシの翼だって大好きなんだよ。それならそう言えばいいのになー！」

「……はは」

イリィの、翼に対する自信は相当なものだ。

そしてイリィの読みは、おそらく間違っていない。着飾るのが好きなプラムにとっては、生まれながらに美しい翼をもつイリィは憧れなのだろう。

憧れるから、自分にはないものだから。

そのせいで、かえって強く反発してしまうのは、いかにも思春期らしい。

「大使の選挙なら、どっちが勝っても負けても、寝床《ねどこ》や食い物を奪われるわけじゃないし……それなら思いっきりやってみてもいいかもね！」

ケンカ好きなのかなんなのか。

イリィのあっけらかんとしつつ、それでも好戦的な姿に、グレンは苦笑するしかない。

「……白黒つけるのはいいけど、その後はちゃんと仲良くしてほしいかな、僕としてはね」

「うーん……先生が言うなら、頑張ってみるけどさぁ」

再び肉を嚙み切りながら、イリィが言う。

「多分、それはアタシじゃなくて、プラムのほうの問題だと思うよ」

「?」

「人間領大使選挙でも、オシャレでも――絶対勝ちたいって思っているの、プラムのほうだもん、間違いなく」

イリィの言葉に。

まだまだ思春期の二人の争いは、続くのかもしれない――そんな風に感じるグレンだった。

イリィは、サーフェと話して少し割り切ったような印象があるが。

プラムのほうはどうだろうか。

(どうなるかな――)

グレンは目を伏せる。

リンド・ヴルムでは珍《めずら》しく――診療所の外で、ごう、と強い風が吹いたような気がした。

人魚たちの予想通り――大きな嵐が来るのかもしれないと感じるグレンであった。

症例4　聞こえないヴァンパイア

グレンがイリィの治療をした、翌日のことだった。

強い風が、窓を叩《たた》いている。

真昼だというのに空は暗い。分厚い雲が何層にもなっており、風で動いているのがよくわかった。妖精たちが診療所の雨戸を次々と閉めていく。

雨はまだ降っていないが、いつ降ってもおかしくない。

人魚でなくとも、今夜は嵐だという予報ができそうな天気だった。

「先生、診療所の雨戸、すべて閉めました」

「うん、ありがとうサーフェ」

嵐に備えているのか、今日の診療所は珍《めずら》しく人が少なかった。

前々から嵐が来るという予想が広まっていたのもあり、街では混乱は起きていない。

まだ昼過ぎであるが、近隣の商店などもすでに店じまいを始めているらしい。診療所は開けてはいるが、患者が来ないので事実上の休診状態である。

「嵐の前に、プラムの健康診断も済ませたかったけどね……」

「来なかったものは仕方ありません」

「うん……」

グレンはため息をつく。

今日あたり、街を駆けずり回ってでもプラムを見つけようと思ったのだが——この天気ではいつ土砂降《どしゃぶ》りになるかわからないので、外出は控《ひか》えることにした。

「結局イリィも、大使選挙の投票で、プラムと決着をつけるみたいですし……」

「それ、焚《た》きつけたのはサーフェだからね？」

「わかっています。でも……あの子の言うケンカは、殴り合いの末の逃亡でしょう？　それでは、この街でずっと過ごすことは難しいでしょうから……つい口を出してしまいました」

サーフェはサーフェで、物騒《ぶっそう》なアドバイスになったことを反省しているようだ。

ルララのことといい、ついつい口を出してしまうあたりがサーフェらしかった。面倒見《めんどうみ》の良さが現れている。

「投票の書類が送られてきましたけど、私たちはどうしますか？」

「あ、そっか……僕らも投票しなきゃならないんだよね」

「そうですね。一人一票です」

グレンは悩む。

大使候補は最終的に、イリィとプラムの二人である。プラムの健康診断がまだ終わっていないものの、彼女も人間領行きに問題ないとなれば――。

グレンはどちらかに投票する必要がある。

「どっちが勝ってもなんだか……禍根《かこん》が残りそうなんだよねぇ」

「私はプラムさんに入れたいと思いますよ。もしイリィが勝った場合、その『禍根』が尾を引きそうなので」

「うーん……」

プラムが大使に選ばれれば、それで解決するのだろうか？

グレンにはとてもそうは思えなかった。二人は、どちらが選ばれるかで争っているわけではないのだ。選挙はきっかけに過ぎない。

住民選挙を機に、二人が素直に話し合えるのが一番いい。そしてサーフェもそれを期待しているはずだが――こればかりは二人の問題であり、余人《よじん》が関与《かんよ》できる範囲は限られている。

「……まあ、考えても仕方ありませんね。では、私は表の戸締まりを」

「あ、閉めなくていいよ」

「えっ」

入り口へ向かおうとしたサーフェが、グレンの言葉に振り返った。

「でも……これから嵐ですよ、先生？」

「だからだよ。飛んだ木材とかで怪我《けが》をする人もいるかもしれない。農場や工房はギリギリまで仕事をしてるはずだし……急患がいつでも飛び込めるように、鍵《かぎ》は開けておいて構わないよ」

「わかりました。先生がそう言うなら」

サーフェは呆《あき》れたようなため息とともに。

「でも——誰も来ないと思いますよ？　嵐の夜くらい、ちゃんと休んでくださいね、グレン先生」

「うん、そうするよ」

サーフェはにこりと笑って、診察室から出ていく。

とはいえ——既《すで》に激しい風が窓を叩いている。リンド・ヴルムではめったにない嵐だ。古い家屋の瓦《かわら》、木の枝、その他さまざまなものが飛んでもおかしくない。

ましてリンド・ヴルムは至《いた》るところに水路がある。排水はしっかりと整備されているはずだが、想定以上の大雨が降れば、排水が追いつかずに街が浸水する可能性がある。

（浸水の記録は特にないらしいけど……）

グレンは首を振る。

災害は病気と同じで、いつどのように襲《おそ》ってくるかわからない。病気に対しては医者という立場から抗《あらが》うことができるが、災害にできることは少ない。

（今夜は誰も来ないといいけどな……）

そう願って、グレンは苦笑する。

診療所に来る者が少なければいい——。

それは今夜に限らず、グレンがいつも願っていることなのだった。


同じころ。

メメのアクセサリーショップもまた、早々に店じまいの支度《したく》をしていた。朝から開けてはいたが、客足は少なめ。天候は悪化する一方。

メメの身を案じる親方から、今日は帰れと言われたのだ。メメとしても、閉店の準備を終えたし、早く帰ってしまいたい——のだが。

客がいるので帰れない。

「な、なんでこんな日に来るのよう」

涙目で見つめる先には、すっかり常連となったプラムがいる。

「いやぁ、ほら、もうすぐ投票じゃん？　やっぱり街を歩くにしても、絶対お気に入りのヤツしか身に着けたくないってゆーか？」

「……今夜、嵐なんだけど」

「え。マジ」

「な、なんで知らないのよぅ！　っていうか外、見ればわかるでしょぉ!?　もう分厚い雲が空を覆《おお》ってるし、ヤバめの風が吹いてて！」

「いやー、あーし、暗い方が好きだから。今日は過ごしやすいなーって」

「アンタのために世の中が回ってるんじゃないんだからね……？」

メメの半眼《はんがん》も気にした様子はない。

「ていうか、あーし、嵐でも飛べるし」

「あ、危ないわよぉ！　いいからさっさと帰りなさいよぉ。もうお店閉めたいんだけど……」

「んー……もうちょっと……」

プラムは、翼爪《よくそう》を顎《あご》に当てながら、難しい顔で悩んでいる。

「よぉし、わかった。これチョーダイっ！」

「またピアス買うの……？　もう何個目よぉ……」

「えーだって、メメっちがどんどん新商品作ってくれるから、あーしも嬉《うれ》しくて♪」

「アンタのせいで、新商品がレアもの扱いされてんのよ！　作った端《はし》から買ってくんじゃないわよぉ！」

「大繁盛《はんじよう》じゃん！　嬉しいでしょ？」

プラムはまったく悪びれない。

実際のところ、プラムが商品を気に入り定期的に買っていくため、メメの店は確かに大幅な黒字であった。

工房への貢献《こうけん》にもなるし、メメ自身の実績として、より自由に好きなものを作ることができている。それはそれ、メメにとっても嬉しいことなのだが――。

それはそれ、新商品をプラムが独占する状況はよろしくない。一つ一つ手作りなので、生産数には限りがある。

新商品が並ばない店という評判は払拭《ふっしょく》したいのだが――プラムが買うのを控えるとはとても思えなかった。

「もう！　次からはアンタだけ一人一個にするわよ!?」

「ごめんってー！　次からは気をつけるよ。これだけアクセで飾れば、人間領大使の投票もあーしの大勝利！　あの真っ赤なハーピーだって、投票に負ければ向こうから謝ってくるってもんだし？」

「……そうかしら」

プラムの目論見《もくろみ》は、メメから見ても随分《ずいぶん》と甘い。

「イリィは……どっちが大使に選ばれるかなんて、あまり気にしてないわ。それより、プラムがあの子の翼を貶《けな》したことを怒ってる。だから……」

「あーし、あの子の翼はキレイだと思ってるし！　でもそれを鼻にかけてるのが、むかつくっていうか……」

「イリィにそんなつもりはないし……イリィにとっては、どっちでも同じことだと、思うわ。

自分を貶されるのと、翼を貶されるのは、同じことなのよ。アイデンティティが、あのキレイな翼なんだから」

「……？」

メメはおろおろしているように見えて、自前の観察眼で、友人たちのことをよく見ていた。だからこそ、なかなか謝らない二人にイライラしている。大使選挙など関係なく、どちらかが折れなければケンカは収まらないのに、二人は回り道ばかりだ。

しかしメメは当事者ではないから、助言以上のことができない。

「――い、イリィに謝ったほうが、いいってことよ」

「やー。無理っしょ。あーし悪いことしてないし……しかも謝っても許してくんないし……それに、今更《いまさら》、どのツラ下げてって感じだし……」

唇《くちびる》を尖《とが》らせて、プラムが言う。

後ろめたさは感じているのか、だんだん声が小さくなっていく。うじうじしている様子は、まるで自分を見ているかのようだ。

メメとプラムはよく似ている。

（もおおおおっ！）

自分もこんな風に他人をイラつかせていたのかと思うと、あらゆる方面に申し訳なくなるが――それはそれ。

メメは怒っていた。

自分には好き勝手言って、一切遠慮がないのに、イリィには未《いま》だ変な距離を保ったまま、仲直りしようとせずにうじうじしている。

魔族の伝統的な言葉に、『戦争の勝敗はサイクロプスに聞け』というものがある。

サイクロプス族は、魔族領内において敵対する勢力両方に武器を売ることがあった。サイクロプス族は中立だとしても、その取引の中から自然と、各勢力の財力、兵数から装備まで筒抜《つつぬ》けになってしまう。

ゆえに彼らが戦争の趨勢《すうせい》を予想できることからきた言葉だ。

当事者同士にはわからないことも、第三者の立場から容易に看破《かんぱ》してしまうことのたとえである。

今のメメがまさにその状態である。

自分はコミュニケーションが苦手だというのに、他人のことならば色々と見えてしまうものなのだった。

「プラムはさ！　仲直りする気あるの？　ないの？」

「うえぇえ、メメっち、なんで怒ってるのぉ？」

「怒るわよ、友達同士のケンカの愚痴《ぐち》、もうずっと聞かされてるんだからね！」

「ううう……」

めったに見ないメメの怒りに、むしろプラムのほうが怖気《おじけ》づく。

「め、メメっちがあーしの味方してくれたら……きっと」

「味方」

ぶちりと。

メメの中でなにかが切れる音がした。

「味方味方味方味方……どいつもこいつも、心配してる私のことなんか忘れて……どうせ私のことなんか……」

「め、メメっち？」

ぶつぶつと呟《つぶや》きだすメメ。

負の雰囲気《ふんいき》をまとわせていたメメを、プラムが翼爪でつつく。

「だからぁぁぁ――私はどっちの味方でもないって、言ってるでしょ――がッ！」

「ひえっ！」

「長い歴史で戦争の武器を作ってきたとしても、サイクロプスが直接参加した戦争は、人間との戦争だけなの！　私たち《サイクロプス》はどんな時でも中立だった！　アンタとイリィがケンカしたとしても、私はどっちの味方でもないし――どっちの味方でもあるのよぉぉぉぉ！」

メメは。

今まさに売ろうとしていた新作のピアスを、その大きな手で隠してしまう。

「もうこうなったら最終手段よ！　アンタたちが仲直りするまで、絶対ウチの商品は売らないんだから！」

「うえぇ!?　なんでそうなるの!?　ちょっとメメっち！」

「うるさぁーい！　仲直りしないアンタが悪い！」

メメがめぎゃーっ、と騒ぐ。

本来気弱なプラムは、その剣幕《けんまく》に怯《おび》えて後ずさってしまう。だが、メメの怒りはそのくらいで収まるはずもなく――。

「ほら、今日は嵐なんだから、もう帰りなさいってば！　私も帰るんだからね！」

「ううぅ～メメっち冷たい！」

「冷たくない！　これは必要なことなの！」

メメがカウンターを飛び越えて、その大きな目をプラムに突きつけた。

「いい!?　私はどっちの味方でもないし、アンタたちがケンカしてるのをやきもきしながら見守ってたの！　それなのに仲直りする気がないなら――アンタに売るものはこのお店にはないわ！」

「ううぅ～メメっちぃ……」

「泣いても！　解決！　しないでしょーがっ！」

まさか、自虐《じぎゃく》的ではあれど温厚なメメがここまで怒るとは思わなかったのだろう。

いつの間にか涙目になっているのはプラムのほうである。しかしメメはプラムに構わず、その怪力で彼女を店の外まで押し出した。

「はいはい、もう閉店閉店！　次来るときはイリィと二人でね！」

「ちょ、ちょょっとメメっちってば！」

「ありがとうございましたぁ！」

半《なか》ば自棄《やけ》になったような声と共に、アクセサリーショップの店が閉められる。追い出されたプラムは、ため息をついてから呆然《ぼうぜん》と空を見る。

「――――なんだっつの……もう……」

初めて見る強引なメメに、プラムはなにも言えなかった。

強い風の吹くリンド・ヴルム。プラムが見上げた曇天《どんてん》の空から。

大粒の雨が降り出すのだった。


メメの店を追い出されても、プラムは墓場街に戻らなかった。

自棄になったプラムは、お気に入りの服が濡《ぬ》れるのも気にせずに、リンド・ヴルムの屋根を飛び回っている。

特に何か目的があるわけではない。ただ、どうしようもない気持ちを消化することができないので、あてどなく飛行を繰り返していたのだった。

（なんで……）

泣きながら、空を飛ぶ。

涙は、叩きつけるような雨にまぎれる。

嵐の中であっても、プラムは問題なく飛んでいた。唇を噛《か》みながらも、強い風で飛んできた木片《もくへん》を華麗《かれい》にかわす。普通なら吹き飛ばされるような風も、ヴァンパイアの巨大な翼であれば耐えることができた。

（なんでみんな……あーしのことわかってくんないのさ）

プラムはすっかり拗《す》ねていた。

叩きつけるような雨の中、プラムは目を閉じている。

前が見えなくても問題ない。プラムの音波は、街の形を、あるいは視覚で見るよりも鮮明に捉《とら》えていた。

飛行中、目の前に塔が現れる。

暴風の中でも、プラムは身体《からだ》を旋回させ、適当な屋根に着地する。

（なんで……なのさぁぁ！）

怒りのままに。

プラムは声を出す。

「――――――――ッ！」

それは、およそ他種族の可聴域《かちょういき》を超えた叫びであった。

反響定位。

音波を発し、跳《は》ね返ってくる音を聞き取ることで周囲にある物体の、位置、距離、形状などを正確に把握《はあく》する能力である。コウモリやイルカが持っている能力だが、ヴァンパイアのプラムもまた、同じ能力を持っていた。

しかもヴァンパイアの反響定位は、コウモリの比ではない。

ヴァンパイアの声帯《せいたい》は、強靭《きょうじん》な筋肉で構成されている。プラム自身に自覚はないが、一秒間に数百回の音波を発して、その反響を聞き取ることが可能だ。

嵐だろうがなんだろうが直進していく強力な音波が、大雨の中であっても、プラムの飛行を実現させていた。

「…………んもう」

雨に濡れるプラム。

なにもかもどうでもよかった。

反響定位は強力な能力だが、プラム自身がそのメカニズムを全《すべ》て理解しているわけではなかった。彼女の感覚では、音の反響はほとんど視覚のようなものである。

複雑な音の跳ね返り。

その情報の集積が、プラムの脳内に、街の構造を自然にイメージさせる。目を閉じていようが嵐だろうが組み上げられていくその情報は、たとえば人間の視覚よりもよほど正確な図像として完成する。

「どうしようかな……」

自棄になって嵐の中、飛び出してみても、なにかアテがあるわけではない。

飛ぶことに支障はないとはいえ、翼に生《は》えた細かい毛が、水を吸って重い。

服は濡れて、プラムの身体にじっとりと張り付いて、気持ちが悪い。最初は大雨の中、飛び出すという非日常が楽しくて、思うさま屋根の上を飛び回っていたが――。

ただの自棄なのだから、すぐに飽《あ》きる。

「はー、やってらんねーしマジで……」

本来ならば。

今すぐイリィに会いに行って、謝るのが正しいのだろう。メメが望んでいることであり、二人のケンカはきっとそれで解決する。

だが、この嵐だ。イリィどころか、街には外に出てるものさえいない。

「――帰るか」

嵐が去れば、きっと気が変わっている。

明日の自分は素直になって、なにもかも上手《うま》くいって、イリィとパーフェクトに仲直りできるはず――。

全てを明日の自分に丸投げして、墓場街へ戻ろうとするプラム。彼女が屋根を飛び立った時。

「ばふっ！」

どこからか、布が飛んできた。

もろに顔に受ける。

極厚《ごくあつ》の布だ。音波は硬《かた》いものによく反射し、また水の中でもよく響くのだが――逆にはためいている布や、スポンジ状の物体からは反響がなく、その存在を感知できなくなる。

その布は、暑さ対策のために各所で使われていた断熱布だった。

とはいえ。

「あーもう邪魔！」

そもそもプラムは目を閉じている。

極厚の布が視界を遮《さえぎ》ったところで、彼女の飛行にはなんら問題がない。ヴァンパイアにとって視覚情報は重要ではない。

顔にかかった布を払い除《の》けて、プラムはそのまま飛び。

「ぐっぎゃっ!?」

なにかにぶつかった。

顔面から硬いものに激突する――今度こそ、プラムは反響定位でも感知できない障害物にぶつかった。

（なっ……なんで!?　わかんなかった!?　なににぶつかったの!?）

雨の中、プラムは目を開ける。

目の前にあったのは高い尖塔《せんとう》だった。リンド・ヴルムでも飛びぬけて大きい構造物が、音波に反響しないはずがないのに――。

（音が、聞こえなかった――ッ!?）

ヴァンパイアは優《すぐ》れた声帯を持っているが。

同じように高性能なのが耳である。反響した音を捉えて、周囲を正確に把握するには、聴覚も重要だ。

だが、聞こえなかった。

あるいは距離、位置、大きさを『聞き誤った』――いずれにせよ、プラムの聴覚に異常が生じたのは間違いない。

眉間《みけん》から血を流しながらも、プラムは体勢を立て直そうとするが。

（うっ……く、落ちる……!?）

強い風と雨。

ヴァンパイアはさほど飛行が得意ではない。一度、風を捉え損《そこ》ねれば、復帰には時間がかかってしまう。

まして塔に頭をぶつけ、くらくらした意識の中で繊細《せんさい》な空中動作ができるほどではない。それを補うための反響定位なのだから当然だ。

（嘘《うそ》……ヤバ、あーし……ここで死ぬの……ッ⁉）

このまま墜落《ついらく》する。

その予感に、全身が冷たくなった。生き残る手段をとるよりも、恐怖で全身が硬くなってしまう。

イヤだ。

そう叫んだ声も、雨と風でかき消されてしまう。

このまま落ちるのだ——プラムが悟った、その瞬間だった。

「お前えぇぇッツ！」

痛い。

力強い痛みが、諦《あきら》めかけたプラムの身体に食い込んだ。

「お前っ！　お前——ッ！　こんなところでなにしてんだよ！　墜落しそうとか——今がどういう状況なのかわかってんのかよ！」

「……誰？」

プラムは力なく呻《うめ》いた。

目を開けられないプラム。しかも頭部への衝撃で頭がくらくらしている。そのくせ、叫ぶ誰かの声はがんがんと脳内に響いた。

「誰って見りゃわかるだろ――って！　お前、血が！　目に入ってんじゃねーか！」

「う……ん？」

ヴァンパイアたるプラムにとって、視覚と聴覚の区別は曖昧《あいまい》であった。

五感の程度は、種族によって様々である。犬型獣人《じゅうじん》が嗅覚《きゅうかく》で、ラミアが温度で世界を感知するように、プラムにとって世界とは、視覚と共に、反射する音で成り立っている。

今わかるのは。

嵐をものともしないハーピーが、その足でプラムを支え、運んでいることだけだ。

「アンタ――イリィ？」

「ああもう！　やっと気づいたか！　いいからさっさと診療所行くぞ！」

「なんで……アンタ……こんな嵐の中なのに……」

「ふんっ！　リンド・ヴルム一の配達人を舐《な》めるんじゃねーっ！」

イリィは。

ひときわ力強く羽ばたいた。ぐうっと風に乗るその様子――プラムの目が開かなくとも、絶えず発し続ける反響定位でその様子は逐一《ちくいち》理解できる。

キレイだ。

雨の中でも、彩《さい》を失わず飛ぶ彼女の姿が、たまらなくキレイだと思った。

「ずるい……」

プラムはイリィに抱えられたまま、唇を嚙みしめる。

「ああっ!? なんか言ったか!?」

通常の聴力しか持たないイリィが、豪雨の中、なんとか声を拾おうとしていた。

「——なんでもない」

プラムは、ぶっきらぼうにそう答えるだけだった。

この嵐の中である。その答えさえ、もしかしたらイリィには届いてないだろう。

羨《うらや》ましいという自分の気持ちは、イリィには知られないままでいいのだと思うプラムなのであった。


「せんせー! きゅーかんきゅーかん!」

グレンが、診療所で記録をまとめていると。

がんがん、と扉を叩く音が響いた。声からしてイリィである。

「鍵はかけてないよ!」

「あれ、開いてる!? よっしゃ!」

グレンの言葉で鍵がかかっていないことに気づいたイリィが、待合室まで飛び込んでくる。

イリィだけだと思いきや、彼女はその翼で誰かを抱えていた。全身びしょ濡れで、ぐったりとしているプラムであった。

急患、というイリィの叫びを思い出す。

「せんせー！　早く早く！」

「やれやれ――先生の予感が当たりましたね」

待合室の奥から、のそりとラミアの巨体が現れる。すでに明かりを落とした診療所内で、尻尾《しっぽ》にランタンをぶら下げていた。

グレンも慌《あわ》てて、白衣を身にまとって駆けつける。

「とにかく体を拭《ふ》きなさいイリィ」

「う、うんっ！　あ、でもコイツ！　頭、怪我してってさ！」

「大丈夫、すぐ診察するよ」

イリィからプラムを預かる。飛行魔族だけあって、脱力した状態でも、その体重は驚くほどに軽い。

「――ぅ」

「妖精さん、布をありったけ持ってきて。あと消毒液もね」

てきぱきと指示を出すグレン。彼の目は、血を流しているプラムの額《ひたい》に向けられていた。

「この傷は？」

「そいつ、リンドの尖塔にぶつかってんだよ！　この嵐の中で飛ぶとか無茶するからさ！　アタシがいなかったらそのまま墜落してたぜ！」

「……うっさいし」

プラムが、呻くように反論する。

「そこら飛んでたの、アンタだって同じじゃん……」

「アタシは仕事だっての！　買い物できない家に、薬や食べ物届けてたんだよ！　うちの運送はギリギリまで働いてるっての。今頃お嬢や、ケイ姉ローナ姉も、重量級馬車を曳《ひ》いて街を回ってるぜ！」

「………………」

プラムがバツが悪そうに黙り込んでしまった。

グレンにはよくわからないが、プラムが嵐の中、空を飛んでいたのに大した理由はなさそうだ——と判断した。

原因は不明だが、大方《おおかた》、嫌な気分になって外を飛び回っていたのだろう。

「一通り飛び回って、よっしゃ帰ろーっ！　って思ったところで、お前が墜落しそうになってたんだろ！」

「…………うぅ」

なにも言い返せず、プラムが下を向いた。長い耳がへろりと垂《た》れる。

「まあまあ、とりあえずそこまで。まずはプラムの傷を診《み》るよ。イリィもちゃんと体を乾かしてね」

「わかってるよ、また脂《あぶら》が落ちたら大変だもんね！」

ぶるるるるる、とイリィが全身の羽を震わせて、翼についた水を払い飛ばした。飛び散る水《すい》滴《てき》を、妖精たちが避《よ》けていく。

これこそが尾《び》脂《し》の効果だ。塗り直したおかげで撥《はっ》水《すい》効果も十分である。

嵐の中でもイリィが飛べたのは、気流を捉えるイリィの勘《かん》もあるだろうが——水をものともしない翼のおかげでもある。

「こらこら、そこだと床が濡れちゃうから——お風呂に行きましょ、イリィ」

「あ、はーい」

サーフェの言葉に、イリィが素直に従う。そんな二人を横目で見ながら、グレンはプラムに向き直った。

「さて——と」

プラムの様子は。

眉《み》間《けん》の裂《れっ》傷《しょう》。腫《は》れ。血も出ており、それが目にまで届いているが——傷はさほど深くはなかった。血ももう止まっている。

「ちょっと失礼」

「んんっ」

プラムが声をあげる。

血を拭きとってから、額の傷を消毒。すぐにガーゼで処置をした。

「うん、これでよし——と」

「うう〜、先生、ありがと……」

プラムは申し訳なさそうに頭を下げる。

全身を妖精たちに拭かれ、少しは元気になったらしい。ぐったりとしていたのは、濡れて体温が落ちていたせいなのだろう。

(頭の傷はこれでいい——見たところ脳震盪《のうしんとう》なども起こしてない)

塔に激突したと聞いたが、スピードは出ていなかったのだろう。

もしかすると、激突する前から、激しい風のせいでふらつき、速度が落ちていたのかもしれない。頭の怪我が重くないのは不幸中の幸いだが。

ただ。

グレンは思う——ヴァンパイアが飛行中に、塔にぶつかった。

その事実自体が、そもそもおかしい。

「プラム、ちょっと聞きたいんだけど」

「?」

「飛ぶときに声は出していたかい?」

グレンも無論、反響定位のことは知っている。

昔。とある獣人族の研究者が、人間をはるかに超える可聴域を利用して、コウモリが音波を出して飛んでいることを突き止めた。その論文も読んだ記憶があった。ヴァンパイアがコウモリの生態に近いのであれば。

反響定位を活用してなければおかしい。

「う、うん……ちゃんと音波《エコー》、出してたんだけど――でも、塔はわかんなかったんだよね」

「反響が聞こえなくなったとなれば、耳に異常があるかもしれないね」

「うーん……」

プラムが首を傾《かし》げて。

「でも、今、先生の声はちゃんと聞こえるし――」

「ふむ……」

グレンはプラムの耳を見た。

頭頂から垂直にピンと伸びている耳は、コウモリのそれによく似ている。おそらくメメ作だろうピアスがいくつかついていた。

反響定位を使う種族だけあって、確かに耳は良さそうだ。

「もしかすると、耳の中に水が入ってしまったのかもね」

「別に、痛いとかないけど」

「ふむ――？」

耳の中に水が入っていれば、痛みや違和感が生じるはずだ。

「ちょっと耳を診せてもらってもいいかな？」

「う、うん……」

承諾《しょうだく》を得てから、グレンはプラムの耳に触れる。

細長い三角形の耳は、グレンが触った途端《とたん》にぴくぴくと動いた。耳の形だけを見るなら、猫とウサギの中間のような形状をしている。

耳の奥をチェックするグレン。

「――なにかあるな」

「えっ!?　なに、なにかってなに!?」

「小さい……球状の……なんだろう。何かが耳孔《じこう》の奥に……光ってる？」

耳のトラブルと言えば。たとえば耳垢《みみあか》などが詰まることも考えられたが、プラムの耳は清潔であった。

詰まっているものも、形状から考えて、とても耳垢とは思えない。

「プラム、本当に耳に異物感とか、ないかい？」

「う、うん、別に……」

「キレイな球形で、するっと入り込んでしまったのかな……尖った部分もないから痛みもないのかも。これは、なんだろう？」

グレンは、異物の正体を見極《みきわ》めるために。

ゴーグル型の顕微鏡を取り出した。苦無《くない》の神経を繋《つな》ぐ時などにも活用する顕微鏡である。ゴーグルを装着して、グレンは改めて耳の中を覗《のぞ》いてみた。

「ううう〜、先生に耳の中見られるの、なんか、ハズイ……」

「我慢《がまん》してね。これを取り除かないと、また飛んでもなにかにぶつかるよ」

「だよねぇ」

耳を覗かれるプラムは落ち着かないのか、もじもじと体を揺する。

顕微鏡で耳の奥を覗くグレン。耳の穴にすっぽりと収まっているのは、磨《みが》かれた金属のように見えた。キレイな球形に研磨《けんま》されている。

人工物だ。

「なんだろう――丸い……金色の……石でもないし……」

「っ！」

この物体の正体が摑《つか》めず、グレンが唸《うな》っていると。

突然、プラムがぴんと耳を立てた。

「せ、先生！　ごめ、いったんどいて！」

「？」

焦《あせ》ったようなプラムの声に、グレンは一度離れた。

プラムは何故《なぜ》か、自分の翼を頭の上にもっていき、自分の耳に触れていく。翼爪を器用に使って、なにをしているかと思えば。

耳につけたピアスを外していた。

「あーッ！　やっぱりだし！」

「？」

「このピアスのトップが外れてる！　きっと嵐で外れたんだ――」

プラムが、金具を見せてくる。どうやらその小さい金具の先に、先ほどの人工物がくっついていたのだろう。

人間であれば、耳たぶにつけたピアスから先端部品が落ちても、耳の穴に侵入したりはしない。しかしプラムの耳は頭頂部から上に伸びており、ピアスをつけた位置から部品が落ちれば、すっぽりと耳の穴に入ってしまうこともあるだろう。

「うう。せっかくメメっちが作ってくれたのに」

（なるほど、メメの制作だったのか）

グレンも納得する。

耳孔を傷つけないほど、滑《なめ》らかな球体に加工された金属。メメの職人としての技量の高さをうかがわせた。

「耳の中のパーツを取り出せば、またメメが直してくれるよ」

「そうだよね、そうすれば──あ」

プラムが一瞬喜んだかと思いきや。

すぐにその表情を曇《くも》らせた。

「いや、あの、あーし……」

プラムはなぜか泣きそうな顔で、その視線を逸《そ》らした。

「イリィと仲直りするまで、メメっちに商品売らないって言われちゃったし……多分、ピアスも修理してくれない……」

「じゃあ、ピアスを直すよりも仲直りが先だね。嵐も強くなってきたし、イリィはしばらく診療所にいると思うよ──謝るチャンスだろう」

風雨が激しく雨戸を叩いている。

さすがのイリィも、この状況で空を飛ぶことはできないだろう。

「そのためにも、とりあえずこれを取り出さないとね」

「ううう……」

プラムが飛べなくなった原因がはっきりした。

球状に磨かれた金属は、十分、反響を聞く妨《さまた》げになっただろう。

以前にも身につけていたアクセサリーが、翼膜《よくまく》を傷つけたことがあった。見た目を気にするのもいいが、グレンとしてはもっと健康に気を遣《つか》ってもらいたかった。

（自棄になって嵐の中を飛び出すのは――見過ごせないな）

グレンはため息をつく。

ケンカしたままだと、また似たようなことが起こるかもしれない。両者の健康のためにも、やはりプラムとイリィには仲直りしてもらわねばならない。

「ううぅ～、これ、どうやって取るの？　さかさまになれば落ちるかな？」

一度、存在を認識してしまうと、気になって仕方ないらしい。

コウモリはさかさまになって寝るが、ヴァンパイアもそうなのだろうか。頭に血が溜《た》まりそうだし、伝承《でんしょう》通り棺《ひつぎ》で寝るのかもしれない、とグレンは思った。

「外耳道《がいじどう》にすっぽり収まっているからね。そう簡単には落ちてこないと思う。専用の器具を使って取り出そうか」

「ひえ……ちょっと怖いような……」

意外と怖がりのプラムが、耳を立てて警戒《けいかい》する。

しかし、爪《つめ》や指で無理に取り出すほうが、耳の中を傷つけるおそれがある。グレンが注意深く取り出したほうがいいと判断した。

自然に出てくるのが一番いいのだが、いつになるかわからないし、その間プラムはずっと飛べないことになる。耳の中は濡れているので、下手をすれば異物を中心にカビなどが生えかねない。

「大丈夫。痛くしないからね」

グレンは再びゴーグルを装着して、プラムを安心させるように微笑《ほほえ》むのだった。

「ふーむ……」

プラムは、診察のための椅子《いす》にちょこんと座る。

グレンは彼女の耳を覗くために、立ち上がって上から耳孔内を観察していた。丁度《ちょうど》プラムの顔が、グレンの胸辺《あた》りにくることになる。

「ど、どう？」

プラムが不安そうに声を出す。

グレンの位置から顔は見えないが、怯えているのは容易にわかった。柄《え》の長いピンセットのような器具が耳に差し込まれるのは怖いのだろう。

プラムの耳は、縦長《たてなが》の三角形。

耳孔内に異物が入り込むのを避けるため、産毛《うぶげ》が多めに生えている。また、耳から耳孔に至るまで複雑なひだが形成されていた。

反射した音の位置、角度などを正確に捉えるためのものだ。

（耳孔は大きいな……）

耳のつけ根から、頭蓋《ずがい》に向けてぽっかりと穴が開いている。他の生物と比較して穴が大きいのも、反響定位のためだろう。そこにすっぽりと——まるであつらえたかのようなサイズで、ピアスの飾りが収まっている。

聴力の良い生物といえば、たとえばフクロウなどがいる。

フクロウの耳の穴は大きすぎて、覗けば眼球の裏側が見えるという。かように耳孔の大きさは生物によって違う。

メメもまさか、ヴァンパイアの耳の穴がこれほど大きいと思わなかっただろう。ピアスの飾りが入り込んでしまうなど想像もしなかったはずだ。

「じゃあ、入れていくね」

「んっ……ゃんんっ」

是非《ぜひ》のよくわからない返答であったが、とりあえず承諾とグレンは判断。

器具を耳の穴に差し込む。大きいとはいっても所詮《しょせん》は耳の穴だ。器具の扱いを一つ間違えば、耳孔内を傷つける可能性がある。

(取れるかな……?)

グレンの使う器具は、先端に小さなクリップのついた棒だ。

手元の小さいレバーを操作すれば、先端のクリップが開閉する。耳垢が詰まった時などにも使える器具であった。

「んっ……ううっ……耳かきされてるみたい……っ、んぃっ」

「はは。そう思ってくれて構わないよ。ちょっと待ってね……っと」

グレンはクリップを操作する。

しかし、本来はゴミなどを挟《はさ》んで取るための器具であり、球状の異物を取るものではなかった。ゴーグルで拡大した球は、ひっかかるような場所もほとんどなく、器具で取るのが少々難しい。

「んん、ひぅぅぅ……っ」

器具を動かすたびに、耳の中でもぞもぞとするのか、プラムが声をあげた。

「ひゃぁっ、あんっ、うゃん……っ」

（うーん、参ったな……）

メメは、たとえピアスの飾りであっても、加工に手を抜かなかったらしい。

美しく球状に加工された異物は、クリップ型の器具ではなかなか取れない。ただでさえ嵐のせいで濡れており、摩擦《まさつ》が極端に少ない。

引っかけて持ち上げることもできなくはなさそうだが——それをやると、耳の中に予想外の傷ができる恐れがある。

「よっと……」

「あっ……ひゃ、んんっ……」

クリップを使うが、また失敗した。

どうしても上手くいかない。さすがにプラムもこそばゆく感じているだろうし、治療としては単に異物を取るだけだ。早く終わらせてあげたいのだが。

「んんっ……ま、まだ取れないの……？」

「ごめんね。ちょっと時間がかかるかも――」

「え、うそぉ……」

プラムが泣きそうな声をあげる。

治療に時間がかかっているのは申し訳ないが、グレンの手技《しゅぎ》は丁寧《ていねい》で、痛みを与えてもいないはずだ。何故そこまで嫌がるのか理由がわからなかった。

「は、早くしてね……？」

「わかった。頑張るよ」

耳の異物というのは、反響定位を用いるヴァンパイアにとって、よほど不安にさせるものなのかもしれない。

グレンはそう解釈して、作業に戻る。

のだが――。

「むぅ――」

グレンにしては珍しく、眉間にしわを寄せた。

球状の金属は、耳の奥でするりとクリップから逃げてしまう。

本来はピアスに繋ぐための加工――穴などがあるはずなのだが、グレンの位置からは見えない。そうした部分は、鼓膜《こまく》側に隠れて見えないのかもしれない。

「うんんんむ、ひゅっ……ううう～～」

耳孔内を傷つけるのも許されないが――更《さら》に慎重を要するのは、鼓膜だ。

鼓膜が破れた場合、ほとんど自然治癒《ちゆ》に任せることになる。よほど大きく破れない限り、人間であれば一カ月もあれば再生する。

ヴァンパイアもほぼ同じだろう。しかし鼓膜が破れた場合は、その痛みや傷以上に、中耳《ちゅうじ》へと入り込む細菌が問題になる。最悪の場合は中耳炎が発生し、長期間の炎症や耳垂《みみだ》れに悩むことになる。

そういう意味でも、耳の中は油断がならない。

「んっ、あぅ……んあぁ、やぁん……ッ！」

グレンは上から耳の中を覗いて、どうするべきか思案する。

「――よっと……んん、難しいか……」

上手くクリップで挟んだと思ったのだが。

異物はまたするりと、器具から抜けてしまった。過度の力を込められないので、加減が難しい。

耳かきのような治療と言ってしまえば簡単そうに思えるが――実際は繊細《せんさい》な技術を要求され

る治療であった。

「せ、せんせぇ……」

プラムがふるふると震えている。

怯えているのだろうか。しかし、プラムが動くと耳を傷つけてしまう可能性がある。

「プラム？　もうちょっと我慢を――」

「だ、ダメだってばぁ。こんなに。こんなにくっついていたら、匂《にお》いが……」

「……プラム？」

初めは治療を怖がっているのかと思ったが。

なにか違うように思えた。

「はあぁ……はあっ……はーっ……！」

プラムの息が、妙に荒い。身体が震えているのも、恐怖からではなく、なにかを我慢しているようにも思える。

「血の匂いが、濃いから……」

「プラム。ちょっと、待って」

「せんせぇの血、美味《おい》しいから――」

ぞくりと震えるグレン。

プラムの顔が紅潮《こうちょう》して、潤《うる》んだ瞳《ひとみ》でグレンを見上げる。その表情にグレンは覚えがあった。

具体的に言えば。

彼女の吸血衝動を治療した時の――。

「襲うの、我慢できないかも……！」

グレンはようやく自分の失敗に気づいた。

プラムは、治療を恐れていたのではない。血が好みであるグレンに接近され、吸血衝動が抑えられなくなっているのだ。

本来なら、怪我でもしていない限り、プラムは吸血衝動をコントロールできる。だが、今は眉間から血を流している。

迂闊《うかつ》だった。

今の今まで、プラムは吸血衝動を抑えていたのだ。

「プラム、今はダメだよ。落ち着いて」

「うううううう〜〜〜……！」

グレンが努めて穏《おだ》やかに声をかける。

だが、プラムの衝動はその程度で止まるものではない。ぽたぽたと音がした。プラムが垂らした唾液《だえき》だろうか。

翼が広がり、今にもグレンを襲おうとしている。

（……仕方ない）

グレンは。

一度、プラムの耳から器具を抜き取った。

「あぅ？」

プラムがこちらを向く。その目は既に陶酔《とうすい》していた。どれだけ抑えていても、いや我慢すればするほどに、吸血への欲求が止まらなくなる。

「プラム、これをよく見て」

グレンは、自分の服をめくりあげた。日々の激務で、それなりに引き締まった腹部が露《あらわ》になる。

「うぁ……あうぅ……だ、ダメだってばせんせぇ……そんな美味しそうなお腹《なか》、見せちゃったらさぁ……！」

プラムの目の色が変わる。

獲物《えもの》を見る食肉獣の目に。

「構わないよ。治療の妨げになりそうですし、ひとまずプラムはこちらに集中して。僕の血を吸うことに」

「ああ、そ、そんなん言われたらあーし、あーし……我慢……できないからぁ……！」

プラムが。

グレンに飛びかかった。目の前に差し出された腹部に噛みつく。あえて誘ったとはいえ、腹に牙《きば》を突き立てられる痛覚は慣れない。

「んんっ！　んっ、じゅ、ちゅる……はぁ、はぁぁっ！」

嚙まれた箇所には、鋭いプラムの歯型が残り。

そこから血がにじみ出す。プラムはそれを待ってたとばかりに、ざらざらとした舌《した》でグレンの血を舐めとっていった。

「はあ、はあ、あんっ！　んっ、んまっ、ちゅ、じゅるるる！」

プラムが両手をグレンの腰に回し、血を一滴も逃さんと顔を押しつける。

（よしっ！　これで狙《ねら》い通りだ！）

グレンが傷つく結果になってしまったが。

プラムは今、グレンの血に釘付《くぎづ》けであった。服をめくりあげた腹に顔を押しつけているせいで、グレンからは彼女の頭頂部——耳がよく見える。

人体の弱点の一つである腹を、ヴァンパイアに差し出すのは少々恐ろしかったが——プラムの目的はあくまで血であり、肉ではない。

「んん！　じゅっぱ、じゅる、ちゅるる、あっ、ふぁんっ……」

彼女に多少鋭い犬歯《けんし》があるとはいえ、顎の構造は人間と大きく違わない。内臓まで食い破られるようなことはないと判断した。

実際、プラムの牙はグレンの表皮を突き破るほどではなかった。グレンの読みは的中し、プラムは一心不乱に血を舐めとっている。

(今のうちに……！)

プラムは血を舐めるのに必死で、耳に意識が向いていない。

グレンは素早く器具を差し込んでいく。ぺろぺろと、血を舐める音ばかりが響く。

「ちゅっ、んんっ！　あう、うんっ……！　ちゅ、あぅんっ」

グレンは慎重にクリップを操作した。

プラムが意識を血に向けている今がチャンスである。この間にプラムの治療を終わらせてしまうのがいい。

「ちゅ、ちゅる――あ、ひゃ、あんっ！」

「っ！」

とはいえ。

吸血に集中していれば、それだけ動くことになる。グレンの血を一滴残さず舐めとるために、プラムはグレンの腹でもぞもぞと動く。

「んっ、あふ、ちゅぶ、ちゅるぅ……！」

ゴーグルを通して見る、プラムの耳の中。

ピアスの飾りは、グレンが再三動かしたためにその位置が変わり、ピアスと繋ぐための穴をこちらに向けていた。

クリップでこれを挟めばいいだけだ。

いいだけ、なのだが――。

「ちゅっ、んん、んぁへぇ……んんぉ！」

腹を執拗《しつよう》に舐められて、グレンはどうしても集中力を乱される。

だが。

（ダメだダメだ……ここを、集中して……！）

グレンは。

全神経を研《と》ぎ澄《す》まして――プラムの舌の感覚を脳裏《のうり》から排除して――クリップを極《きわ》めて繊細に操作する。

「んっ、あああんっ！」

と。

もう少しで取れそうだと思った瞬間、プラムが大きく動いた。グレンは慌てて器具を抜き去る。

「ぷ、プラム、危ないよっ」

「ううぅぅ～、だ、だってぇ……耳の中、電気が走ったみたいになって……！」

「そんなに――？」

「うぅぅ、敏感になってるぅ……血が欲しい時になると、体中がおかしいんだよぉ。ん、ちゆ、あむ」

プラムはまったく自制せずに、グレンの血を求め続けた。とりあえず彼女にされるがままでいながら、グレンは考えてみる。

（吸血欲求が高まると敏感になる……？　なんでだ……）

「ん、あちゅ、んんんんっ、じゅぷっ」

グレンの身体を這《は》う舌の感覚を、しかし医者として集中しているグレンは忘れていた。

（考えられるのは——血を求めるために五感が鋭くなってる？）

プラムの吸血衝動は、怪我の治りを早くするために生じる本能的なものだ。つまり獲物を一刻も早く見つけなくてはならない。生存本能の高まりとともに、プラムの五感も鋭くなっている。

それが今の状態ではないのか。

プラムが吸血に夢中になっている今の状態は、全身の感度が上がっている状態でもある。耳の異物を取り除くにはより一層注意が必要だ。

（参ったな……）

吸血させたのが裏目に出た。

まさかそれで、プラムの感度が上がってしまうとは。

（だけど……やるしかない）

グレンは改めて覚悟を決める。

耳の穴――周囲の耳の壁に一切触れないように気をつける。

「あむっ、はむ、ちゅ、じゅるぶるる」

おそらくプラムは、耳に器具を挿入《そうにゅう》されたことにさえ気づいていない。

このままいけば、問題なく異物を取り出せる。グレンは精神を研ぎ澄ませ、指先に込める力加減も、極限までその強弱をコントロールし。

（いける）

金属の球。

金具と接続するための凸部を、クリップで挟むことに成功する。

「とれ……た！」

するり、とプラムの耳から器具を引き抜くグレンであった。

クリップの先端には、小さな金属の球。

グレンが安堵《あんど》の息を吐く。無事にプラムの治療は完了したのだった。だがプラムはそんなことには気づかず、ひたすらグレンの腹の傷を舐めている。

「うっ……あ、いっつ……」

グレンもまた、ほっとしたせいだろうか。

今更ながら腹の痛みが湧《わ》き上がってくる。集中していた時は痛みを忘れていたのだろう。

「んっ、ちゅる、じゅる、るるる……！」

そして腹に顔を埋めて、血を舐め続けるプラムがいる。

ざらざらした舌が、傷を刺激して更に痛みを呼び起こす。どうにかして引きはがしたいが万《まん》力《りき》のような力で腰に手を回されているので、身動きがとれない。

「妖精さん――サーフェを呼んできてくれるかい？」

どこかにいるだろう妖精に声をかける。

「あいさー」

診察室の隅《すみ》から、ひょっこり顔を出した妖精が、気の抜けた返事をした。

「むりするでないー」

そう言ってから、ふよふよと飛んでいく妖精だった。

妖精にまで忠告され、ははは、と力なく笑うグレンなのであった。


「どうして先生は治療するたびに傷が増えるんですか？」

サーフェが、鋭い視線でグレンを射抜《いぬ》く。

グレンの傷に薬を塗りながらも、厳しい口調だった。

「うう、ごめんよ……」

「必要だったのはわかりますが、治療する側が怪我をしては笑い話にもなりません。クトゥリフ様にも怒られたはずですが」

「はい……」

こればかりは反省するしかないグレンだ。

前回も今回も、プラムを落ち着かせるために自分の血を差し出したグレンだが、これは師匠《ししょう》からも厳しく戒《いまし》められている。今後は他の方法を考える必要があるだろう。

「まあ、傷は浅かったようですし、お説教はここまでで」

「うん。いつも面倒かけて申し訳ないね、サーフェ」

「いつか、治療のために死んでも知りませんからね」

サーフェが冗談めかして言うが、目は笑っていない。

グレンも苦笑するしかなかった。この間も、巨人に丸のみされかけたばかりである。人の身で、魔族たちの治療をするのはいつも危険と隣り合わせだ。

安全な治療のためにも、グレンはもっとしっかりしようと心に決めた。

「ところで——あちらの『治療』は、どんな手を使ったんですか？」

「ああ、あっちはね」

グレンとサーフェが同時に見る先は。

すっかり翼の水分を落としたイリィと、グレンの血を飲んで落ち着いたプラムである。二人とも、待合室で隣同士に腰かけている。

「ごめん」

先にそう言ったのは、プラムであった。

「なんかその、色々ごめんなさいだし。あと……助けてくれて、ありがとう」

「お、おう」

まだ目は合わせないし、ぎこちないが。

二人は言い合いになることもない。

「まあ、アタシも悪かったよ。ついカッとなっちまったから……お互い様ってことで」

「う、うん。じゃあこれで仲直り？」

「ってゆーことに……なるのか？」

二人そろって首を傾げている。

なにをしたら仲直りなのか。どうしたら元通りなのか。どちらも正確な関係がわかっていないようだった。

（ま、それはこれから二人で築いていくのかな）

グレンが微笑む。目の前のサーフェも、グレンと同じような顔で微笑んでいた。

彼女たちの周りには、ずっと心配していたルララやメメもいる。相性の良くない相手であっても、それなりに関係を維持《いじ》していくことができるだろう。

「――あ、でも、大使になるのはあーしだから」

などと思っていた矢先だ。

言わなくていいことを、ぼそっとプラムが付け加えた。

「んん？」

素直になったと思った直後の言葉に、イリィが首を傾げる。

「あーしは今更辞退《じたい》する気もないし、嵐が終わったら投票だし……そこではちゃんと白黒つけるからね」

「お前！　さっき謝ったのはなんだったんだよ！」

「いや、それとこれは別だし。言い過ぎたのは謝るし！　助けてくれたのはありがとう！　でも人間領大使はちゃんと決めなきゃでしょ？」

なにかを決意したかのように、はっきり言いきるプラムだった。

「え？　えーと……そうなのか？　確かに謝ってもらったし――じゃああれか、単純にどっちが人気か決める？　わけだな？」

「そうそう！」

「よっしゃ負けねぇーっ！　アタシの翼がどんだけ人気か教えてやるぜ！」

話が変な方向に流れていた。

プラムもイリィも、険悪になっているわけではないようだが――何故か大使選挙に向けて志気が上がっている。

健全なケンカをしろと言ったのはサーフェだし、どうやらティサリアも似たようなことを言ったようなのだが——二人の関係はまさにその方向に行っているのだった。

「これ、本当に一件落着？」

「……——」

グレンの言葉に、サーフェが沈黙で答えた。

今はどちらも負けない！　と意気込んでいるが、グレンは不安になる。大使選挙でどちらかが選ばれてしまえば、また険悪になるのではないか。

「いーやっ、あーしも負けないし！　アンタと仲直りしたんだから、今度こそメメっちに最高のアクセサリー売ってもらうんだから」

「あーメメにも心配かけてたんだな!?　ルララとメメにもちゃんと謝れよ！」

「それはお互い様だっつの！」

「とにかく負けねーから！」

「あーしもだし！」

「ぐぬぬぬ……！」

「うぬうう……！」

ハーピーとヴァンパイア。

相容《あいい》れぬ両者が、極限まで顔を近づけて威嚇《いかく》し合う。かと思えば、両者の顔が同時にこちらを向いた。

「そうだ！　先生は!?」

「えっ？」

いきなり話の矛先《ほこさき》を向けられ、グレンが困惑《こんわく》する。

「あー、そうだし！　先生も投票するんでしょ。どっちに入れるの？」

「もちろんアタシだよな？　この翼、先生も褒《ほ》めてくれたもんな！」

「えー？　さっきまでピアスの飾りを取るの手伝ってくれたし。あーしっしょ！　ほらほら、ねえ、先生好みのカッコしてあげるから！」

「吸血してくるヤツが気に入られるわけないだろ！」

「アンタみたいな乱暴者のほうこそ！」

「なんだと！」

「なによぉー！」

結局こうなってしまうのか。

グレンが頭を抱える。先ほどまで良い感じだったのに——そしてまさか自分にまで、諍《いさか》いの争点が向くとは思わなかった。

「二人とも、いい加減にしなさいね」

サーフェが微笑みながら、声をかける。

「──診療所でケンカするなら、嵐の中でも容赦《ようしゃ》なく追い出しますよ」

額に青筋《あおすじ》を浮かべて、サーフェが告げた。

「はっ！　ご、ごめんて！　アタシたち、ちょー仲良し！」

「そ、そうだし。これはちょっと……あーしら流のコミュニケーション？　的な？　だから一晩、お世話になるし！」

七色の翼と、コウモリの翼膜。

まったく形状の違う翼を、ひとまずは重ね合わせて、イリィとプラムはぎこちなく微笑むのであった。

すぐ仲良くなれるわけでもないだろうが──こういうところで息が合うのは、なんだかサーフェとティサリアによく似ているのだった。なら、これはこれで、確かに彼女たち流のコミュニケーションなのだろう。

「はいはい。朝になるまで、ベッドは自由に使いなさい。次言い合いしたら、本当に許しませんからね」

「「はーい」」

「調子がいいんだから……」

サーフェの仲裁《ちゅうさい》で、二人はどうにか矛《ほこ》を収める。

「さあ、先生、私たちも休みましょう」

「うん、そうだね。さすがに疲れたよ」

「先生が疲れているのは、吸血を厭《いと》わない治療方針のせいですからね」

「はい……重ね重ねすみません……」

返す言葉もないグレンだ。

既に時間は夜半《やはん》を過ぎている。雨戸に叩きつけられる風雨は、強くなる一方である。

「明日には、雨、やめばいいんだけどね――」

嵐は過ぎ去るのを待つより他ない。

雨音の中でも眠れることを祈って、グレンは自室に戻るのであった――。


「お世話になりまっしたー！」

「うーん、眠い……」

翌日。

グレンの心配をよそに、リンド・ヴルムは快晴であった。ただしその分、暑さも尋常《じんじょう》ではない。春とは思えない日差しが、早朝からリンド・ヴルムを灼《や》いた。

嵐が過ぎ去っても、来るのが猛暑となれば歓迎できない。

「アタシは配達があるから、もう行くね」

「あーしも帰る……昼間は……寝る……」

一晩泊まったイリィとプラム。

イリィは商会へ。プラムは墓場街へと、それぞれ飛んでいくのだった。

「夜は並んで寝ていたようですね」

「仲が良いんだか悪いんだか……」

グレンは苦笑するしかない。

生活リズムも両者、まったく違うようだ。街に配達に出るイリィと、ホテルで睡眠をとるプラム。

「私はメルドラク卿《きょう》に書簡を書きます。怪我したこと、緊急治療し、一晩診療所に泊まったこと。仔細《しさい》に説明しないと」

「あーうん。頼むよ」

リンド・ヴルムの影の権力者。

吸血鬼の名家でありながら、プラムにやたら甘い吸血鬼。娘の無断外泊に、今頃どんな顔をしているだろうか。

「おはようございますわ！」

などとイリィとプラムを見送っていると。

丁度、通りからティサリアがやってきた。何故かその後ろからは、眠そうに目をこすっているアラーニャまでいる。

「おはようございます。いつも早いですね」

ティサリアの朝駆《あさが》けは有名である。彼女は走りこみを欠かさない。

「さっき、イリィとプラムが飛び立っていくのを見ましたけど――」

「二人とも嵐の中、外に出ていたので。診療所で休ませていました」

サーフェが、昨夜何があったのか、二人に簡単に説明した。

「申し訳ありませんわ。でも、イリィがギリギリまで配達すると言ってきかなくて」

雇《やと》い主が、神妙《しんみょう》に頭を下げた。

イリィの仕事に対する真摯《しんし》さが垣間見《かいまみ》える。

「それで、何の用ですか？」

「あら、用がなくては来てはいけませんの？　愛《いと》しい婚約者の顔を見るため、と言ったらいいのかしら？」

「うぐぬぬぬ……」

サーフェとティサリアが睨《にら》みあう。

やっぱり、この二人はイリィとプラムに似ているのかもしれない。そんな二人の間にしれっと、アラーニャが割って入って。

「こーら、話がややこしゅうなるやろ。妾《わらわ》たち、センセに話があってな？」

「話……ですか」

「そ。人間領大使のことで」

ぴっ、とアラーニャが取り出すのは。

議会からの書状――人間領大使をイリィとプラム、どちらにするかの投票状だ。インクで名前を書くだけの簡易《かんい》なものである。

「二人とも、仲良くなったようやけど……また大使がどうこうで、もめるかもしれへんやろ？　だ、か、ら。うちらでちょっと仕掛けようと思ってな？」

「仕掛ける……？」

グレンは首を傾げた。

「不正投票ということですか？　議会の職員は、容易にごまかせないと聞きますが」

サーフェがそう言った。

リンド・ヴルムに勤《つと》める職員には、狼《おおかみ》型獣人が多い。

何故かと言うと、書類の偽造、不正を防ぐためである。嗅覚に優れた獣人には、書類を嗅《か》いだだけで、文字を書いたものの種族、性別、年齢までたちどころに言い当ててみせるのだという。

専門の訓練を受けた不正監視員もいるらしく、怪《あや》しい書類はそこで見抜かれるとか。おそらく大使選挙でも同じだろう。

「いやいや、不正なんかせえへんよ。ただな……」

「ちょっと保護者同士が相談するだけ。それくらいならよろしいかと思いますわ」

「？」

グレンには彼女たちの思惑《おもわく》が判《わか》らない。

「妾は不本意やけど、プラムの面倒を押しつけられる立場やし……」

アラーニャがくっくと笑った。

なにか悪だくみをしている時の彼女は、何故かとても生き生きとしている。

「ちっちゃい子たちが仲良くできるよう、年上としてお膳立《ぜんだ》て、してあげへんとね？」

「ですわ！」

アラーニャが笑い、ティサリアが胸を張る。

保護者たちの考えが読めず――サーフェとグレンは、揃《そろ》って顔を見合わせるのであった。

エピローグ　前触れなく訪うものの名前

人間領大使の選挙も終わった、数日後のことである。

診療所に、騒がしい来客があった。

「兄者────ッ！」

いつもグレンの数倍、声の大きい妹。スィウである。

警邏《けいら》隊の巡回で、診療所を訪れることは度々《たびたび》あるが──今回の用件は違う。

他に患者のいない昼休みを狙《ねら》って、大声で待合室に入ってくるあたり、スィウの妙な生真面目《きまじめ》さがうかがえる。

「兄者！　兄者！　失礼するで御座《ござ》る！」

「いらっしゃい、スィウ」

スィウは、額《ひたい》に汗《あせ》をかいていた。

嵐が去った後も、まだまだリンド・ヴルムの暑さは収まる気配を見せない。熱に弱いスィウは、待合室に準備してある樽《たる》から、レモン水をがぶがぶと飲んでいた。

「ぷっはー！　やはり夏はレモン水で御座るな！」

「いやまだ春だけどね」

異常気象に、街全体が辟易《へきえき》している。

農場では、この暑さによって雑草の繁茂《はんも》が著《いちじる》しいらしく、臨時《りんじ》の働き手を募集していた。農場はちょっとしたことでもすぐに人を雇用《こよう》するので、副業として人気が高い。

雇用を生み出すことまで考えたアルルーナの手腕がうかがえる。

「今日も見回りかい？」

「はっ、いやいや！　違うで御座る！　先ほど議会から、一緒に人間領を巡《めぐ》る者が決まったと連絡を受けたで御座るよ！」

「ああ、開票が終わったんだね」

グレンは頷《うなず》いた。

人間領大使が決まったのだ。スィウとしては、長旅を共にする少女が誰になるか、ずっと気になっていたのだろう。

「それが――なんと、二名と！」

「へえ」

「姑獲鳥《はーぴー》のイリィ殿と、吸血鬼のプラム殿。両者は偶然まったく同数の票を得たので、どちらも登用する、と！」

「なるほど。そんなことになっていたんだね」

グレンがふむふむ、と頷く。

それだけ甲乙《こうおつ》つけがたい選挙だったということだろう。そして、相性の悪い二人でもまったく同数となれば、それをきっかけに諍《いさか》いが起きることはない。

イリィもプラムも、グレンの治療を受けることはあったが、今ではまったくの健康体。長旅への支障もないはずだ。

「…………じぃぃ」

「どうしたの、スィウ？」

実の妹が半眼《はんがん》で睨《にら》んでくる。

グレンは少し困ったような顔で、その視線を受け止めた。目線がいささか逸《そ》れてしまったことにスィウは気づいただろうか。

「怪《あや》しい……」

「なにが」

「兄者！　なにか仕組んだで御座ろう!?　いくらなんでも、住民投票でまったく同数とかおかしいで御座るよ！」

「それは確かにそうだけど、だからといって僕になにかできるわけないよ」

グレンは一介《いっかい》の街医者に過ぎない。

だが、スィウは納得せぬ、とばかりに大きく首を振った。

「いーや！　兄者は、街中の女人《にょにん》と懇意《こんい》になっているで御座る！　議会代表、その護衛《ごえい》、農場主、病院の院長、『運送』のご令嬢、墓場街の管理人などなど……きっとスィウの知らぬところで糸を引けば、票数を操作することなど――」

「そんな大層なことはしてないよ。僕はね」

「つまりなにかしたことは認めるで御座るな！」

詰め寄るスィウであった。

さすが本職の警邏隊というべきか、彼女の詰問《きつもん》は迫力がある。グレンは観念して、両手を上げる。

スィウの勘《かん》の良さには脱帽するしかない。

「いや別に、本当に何もしてないんだ。ただ、ティサリアさんとアラーニャさんが、それぞれ打ち合わせをしてただけで」

「打ち合わせ？」

「元々、『スキュテイアー運送』は、契約社員のイリィを応援してる。だからそれに合わせて、『荒絹縫製《あらぎぬほうせい》』でも、アラーニャさんが票が同じくらいになるよう調整してたんだよ。縫製所のアラクネさんたちは、よく服を買いに来るプラムを好いてたみたいだしね」

ティサリアとアラーニャが、できる範囲で、どちらの名前を書くか操作した。

最終的に、わずかにプラムへの票が足りなさそうということで、グレンは書類にプラムの名前を書いた。誰がどちらに入れたかという情報がここまで出回るのは、ティサリアやアラーニャの情報網《もう》もあるだろうが——そもそも政治に関《かか》わる選挙ではないというのも大きい。

嵐の後のお祭りのようなもので、皆、気軽に人間領大使の話をしていたのだ。

「だ、だとしても、それだけでまったく同数の票にはならないのでは⁉　お二方《ふたかた》とも、動かせる人員には限りがありましょう！」

「だからさ」

グレンは微笑《ほほえ》んで。

「結局はプラムもイリィも、どっちも同じくらい、リンド・ヴルムで人気だったってことなんだよ」

「はー……なるほど」

票が同数になったのは、最終的にはただの偶然だ。

だが、甲乙つけがたいと誰もが思うからこそ、こうなったのだろう。保護者たちの画策《かくさく》はその一因《いちいん》に過ぎない。

アラーニャから聞いた話によれば——メルドラク卿《きょう》も、プラムが墜落《ついらく》しかけた話を聞いている。そこに居合わせ、プラムを助けたイリィを高く評価しているという。大使が二人になったとしても、反対する者はいなかった。

「そんなわけだから……スィウ、二人を頼むよ。特にイリィは、人間に良い思い出がないはずなんだ。スィウが案内して、人間領の良さを教えてあげてね」

「了解で御座る！　ご両人とも、親しく話す機会があまりありませんでしたゆえ――これを機に仲良くなりたいと思うで御座る！」

スィウは敬礼をした。

この世で親しくなれない相手などいない――と無邪気に信じているようだった。相性の悪いイリィとプラムも、スィウが間に入ればきっと仲良くできるだろう。

というか。

（最初からスィウに仲立ちを頼めばよかったかな……）

思春期の少女たちを悩ませた諍いだが。

スィウがいれば、あっという間に解決したかもしれない。もっともそれは、グレンの単なる身内びいきかもしれないが。

「このスィウにお任せあれ！」

「よろしくね」

人間関係でも物怖《ものお》じしないスィウが、今はとても頼もしく見えるグレンだった。

「ところで兄者、姉上の姿が見えぬようですが……」

「ああ。出かけてるよ」

「どちらへ？」

スィウはなんの気なしに聞く。

「あちこちね。結婚式の準備とかで……」

「結婚式！」

聞き慣れない言葉に、スィウは目を丸くした。

「そうで御座るか……とうとう兄者も結婚式を――父上母上のお許しも得ましたし、長かったで御座りますな……」

「そんな大層な話じゃないでしょ……」

スィウは大げさだ、とグレンは思った。だがスィウはかっと目を見開き。

「なにを言うで御座るか！　結婚は一大事！　特にサーフェの姉者はずっと兄者との結婚を望まれておりました！　盛大に祝《いわ》わずしてどうするのです！　というか、兄者はどうして式の準備に同行しないのです⁉」

「来るなって言われてるんだよね……」

グレンは頭をかく。

式の準備はサーフェが取り仕切るから、グレンは仕事に専念してほしい――というのがサーフェの気持ちのようだった。

「左様《さよう》で。まあ、そういうこともあるで御座ろう」

先ほどの剣幕から一転、スィウはころっと意見を変える。

結局はサーフェの気持ちが大事、ということらしい。サーフェが望むままに、グレンも結婚式に臨《のぞ》もうと思った。

「式の日取りはまだ決まっておりませぬか？」

「うん……調整が難しいらしくて」

「スィウも、来週には人間領大使としてこちらを発《た》つで御座る。メメ殿が馬車の整備をして、ルララ殿が歌で見送ってくださるとのこと！　――大使の仕事次第《しだい》では、式までに戻ることはかなわぬかもしれませぬ」

「そうだね……」

大使として人間領を巡るのは、長旅となる。

領内の案内は、ソーエンが取り仕切っているはずだが。予定とは崩《くず》れるものだ。どんなことがあっても、武芸の達者《たつしや》な妹がいれば安心ではあるが――。

一番、結婚を喜んでくれそうなこの妹が、結婚式に来てくれないのは少々寂《さび》しい。だがそれは、どうにもならないことだ。

「スィウが戻ってきたら、また宴会でもやろうか」

「は！　それは楽しみにしております！　……ではスィウはそろそろ、仕事の方に戻りますゆえ！」

彼女も忙しそうだ、とグレンは思った。

普段の警邏隊の仕事に加え、大使として出発する準備もせねばならない。だが、嬉々《きき》として話すスィウは、それも苦ではないように思えた。

「うん、長旅、気をつけてね」

「承知《しょうち》で御座る！　勝手知ったる東と思わず、楽しく大使の務めを果たすで御座るよ！」

警邏隊としての敬礼で応《こた》えるスィウだった。

そのまま慌《あわ》ただしく、診療所を出ていく。スィウに限らず、誰も彼もが忙しそうだが、それは当たり前のことなのかも。

生きるというのは、そもそも忙しいことなのかもしれない。

「熱中症に気をつけるんだよー」

放熱効率の悪い鬼の妹に、グレンはそう声をかけた。

暑さはまだまだ、収まる気配を見せないのだった。


「竜闘女《りゅうとうじょ》様」

その日。

苦無《くない》は、スカディの執務室へと訪れた。スカディは代表席で、尻尾《しっぽ》をぐわんぐわんと振りながら、なにやら書物を読んでいる。

東国のマキモノのようだった。

「ご所望《しょもう》通り、氷菓子をお持ちしました」

「やほーい」

今日は特に暑いので、スカディは冷たいものを食べたがった。

謎の歓声《かんせい》で喜ぶスカディだが、その実、表情は一切変わっていない。せいぜい、尻尾がより激しく左右に振られ、椅子《いす》ごとがたがたと音を立てるくらいだ。

「それと、職員から報告が。やはり人間領大使の選挙は、不正があったようです。人数と投票先を打ち合わせたものがいるとか」

「ティサリア嬢とアラーニャ嬢がやってたんでしょー。いーよ別に。結局、イリィとプラム、どっちも選ぶことになって……それで文句を言う人もいないし」

スカディは書物から顔を上げずに答えた。

「てゆーか、私が大使になりたかった」

「ワガママを仰《おっしゃ》いますな……竜闘女様が参加すれば、選挙になりません。大体、留守中の執務をどうするのです」

「あーうー」

苦無の持ってきたかき氷を、スプーンで食べながら。

スカディはだるそうに言う。この過剰《かじょう》な暑さは、ドラゴンの体力も奪っているのだろう。いつも以上にやる気がなさそうだ、と苦無は感じた。

「なにをご覧《らん》になっているのです？」

「ソーエンが送ってきたやつ。『黒後家党《くろごけ》』の倉庫から見つけた……苦無の製造に関するマキモノ」

「！　見つかったのですか！」

東における『黒後家党』は、アラーニャゆかりの邪教集団であった。

東西の珍《めずら》しい事物を、節操《せっそう》なく集めていた彼ら——その中には、苦無を作った医者の記録もあるかもしれないと、スカディは言っていた。

ソーエンは調査を進め、ついにそれを探し当てたのだろう。苦無の製造には謎も多く、今は主《あるじ》となっているスカディも、細かいところはわからないらしかった。

「竜闘女様、申し訳ありません。私のために」

「違う違う」

恐縮《きょうしゅく》する苦無に、スカディは手を振った。

「もちろん苦無のことも知りたいけど——私が気になっているのは、別のこと」

「と……申されますと」

「話したでしょ。収穫祭の時に、初代モーリーが帰って来たって」

「は、はあ」

苦無は曖昧《あいまい》に頷く。

収穫祭の終わり際――昇天したはずの初代モーリーの魂《たましい》が、二代目モーリーの身体《からだ》を借りて語ったのだという。

短い時間ではあったが、それはスカディにとっては、もう会えないと思っていた知己《ちき》との再会であった。それをスカディは大いに楽しんだようだ。

しかし一方で、初代モーリーから警告もされたという。

「確か――グレン医師になにかが起こるから注意しろ、という内容でしたか」

「そう」

「これだけ聞いても意味がわからないのですが――」

苦無が目を伏せる。

元々、初代モーリーは摑《つか》みどころのないスケルトンであった。真面目な苦無もよくからかわれていたが。

「私もわかんない」

スカディはしれっとそう言う。

「でも、わざわざ警告してくれたわけだし……備えはしておこうと思って」

「そのお心がけは素晴らしい。ですが、私の製造法が関係するのですか？」

「初代モーリーが警告するのだから……それはやっぱり、死者に関することだと思う」

スカディの目は鋭い。

ふざける時もあるが、いざ真剣になれば、議会を束ねる竜闘女の風格を見せる。

スカディがそれだけ、初代モーリーの警告を重く捉《とら》えているということでもあった。

「……魔術を知ってるドラコニアにも相談してるけど、警告だけじゃなんにもわかんないって言ってる。そもそも死者を扱う魔術は、ドラコニアの専門じゃないしね」

スカディが手紙を取り出す。

ドラコニアというのは、苦無も知る名前だ。

魔族領のアカデミーで、魔術を教えるワニ型魔族の女性だ。スカディとも知り合いであるという。苦無は知る由《よし》もないが、もしかするとスカディが魔術を使えるのも、ドラコニアの影響があるのかもしれない。

「死霊術の類《たぐい》は、魔術の中でも禁忌《きんき》の部類。ドラコニアも色々知ってるけど、昇天したスケルトンにそう警告されただけじゃ、何を調べればいいのかわからないってさ」

「それで……私の製造法を?」

「うん、そう」

苦無はようやく合点《がてん》がいった。

苦無を作った医師は、つまりその禁忌の術に精通していた可能性がある。スカディはその記録を通して、モーリーの警告の意味を考えようとしてるのだ。

「でもさっぱり……苦無のことはよくわかったけど、死者については無理。そもそも苦無はあくまで死者を材料にしただけのゴーレムだもんね……」

「は。私自身が、死人から蘇生《そせい》したわけではありませんので」

「だよね」

はあ、とスカディがつまらなそうにため息をついた。

死者蘇生術は、死肉から作ったフレッシュゴーレムや、死人を死人のまま動かすゾンビとはまた意味合いが異なる。アンデッドの魔族は多く存在しても、死者を生者に戻した例は古今東西《ここんとうざい》、聞いたことはない――。

というかそれができたら医者は要《い》らない。

「死者に関する警告……その考えがそもそも違う？」

前提となる発想、アプローチが正しいかもわからない。スカディが憂鬱《ゆううつ》になるのも当然と言えた。

「しかし、グレン医師一人のため、こうして憂《うれ》う竜闘女様はやはりお優しい。街の住民一人一人に心を配られている証左《しょうさ》でございます」

「そんなんじゃないい」

苦無の言葉に、スカディが首を振って。

「モーリーがわざわざ、復活してまで警告してきたの……街を巻き込むような、激ヤバなことになるかもしれない」

「激ヤバ」

「そう、激ヤバ」

聞き慣れぬ言葉を、思わず復唱する苦無だった。

「それは……先日の嵐のような？」

「どうかな。あんなものじゃないかも。もしかしたら『眠り病』や、毒水《どくみず》事件のときより……もっと大きい……竜の勘だけど……」

スカディは遠くを見て、ぽつりと。

「勘が外れればいいんだけどね」

「私も警邏隊らと共に、なにが起きてもいいよう警戒《けいかい》しておきます」

「うん、お願い」

スカディは頷く。

だが、彼女の顔は浮かないままだった。

「でも、どんな災厄《さいやく》も……来るときは突然、来るから。準備もままならず、前触れなんかも一切なく――」

「――――」

憂鬱なスカディの言葉に、苦無もまた言葉をなくす。

嵐は人魚たちの警告があったから備えられた。それを考えれば、初代モーリーの警告も、貴重な提言として受け止めるべきなのだろう。

だが。

予想できるか。また、それと備えられるかはまったく別問題だ。

「どうか、なにごともありませんように」

優しいドラゴンは、そう祈って、一心不乱《いっしんふらん》にマキモノを読み解く作業に戻った。

その祈りがどれほど真剣なものか——用意した氷菓子が半分溶けてしまっていることが、如実《にょじつ》に示しているのだった。


スイウ、イリィ、プラムの三人が、無事にリンド・ヴルムを発《た》った。

見送りは街を挙《あ》げて行われた。ティサリアがイリィを送り出す際に、まるで母親のように涙目になっていたのが印象的だ。

色々あったが、あの三人ならきっと大丈夫だろう。

「ふぅ……」

その日。

その日もまた、真夏と見まがうような暑さであった。春も終わりに近いとはいえ、この暑さはしんどい。

サーフェは結婚式の準備で、あちこちに出歩いていた。理想の式があるようだし、彼女に任せておけばいいだろう。

式の話も、細かい部分までまとまってきて、大詰めなのがわかる。旅立ってしまったスィウには悪いが、彼女抜きでやることになるだろう。

「結婚か……」

実感はわかない。

しかし、ずっと憧《あこが》れていた女性と、いよいよ一緒になるのだと思うと——グレンにも高揚する気分があった。

彼女を幸せにできるだろうか。

（……きっと、大丈夫）

グレンは頷く。

これまでサーフェとは、幾多《いくた》の困難を乗り越えてきた。結婚したって、どんな困難があったって、これまでと同じように乗り越えるだけだ。

（だから、大丈夫）

グレンはそう思う。

それにしても——。

「今日は、人が少ないな……」

いつもは満員の診療所が、今日に限っては誰もいない。不思議なことだ。一体いつから、こんなに閑散《かんさん》とするようになったのか。

朝からなのか。昼からなのか。

「あれ、そもそも今――」

今は何時だろう。

考えようとすると、頭がぼうっとする。自分はさっきまでなにをしていたのか。仕事をしていたはずだが――思い出せない。

四方に霞《かすみ》がかかったかのようにぼうっとしている。

なんだろうこれは。

気づけば、妖精たちの姿もない、賑《にぎ》やかな大通りから聞こえる声もない。いやに静かだ。それでいて、暑さばかりがグレンを殴りつけてくる。暑さはますます、グレンの思考を鈍《にぶ》らせるかのようだった。

不思議な昼下がりだ。

「っ」

などと考えていると、診療所のベルが鳴った。

患者だ。

「はーい」

平常通り患者が来たことに安堵《あんど》しつつ、グレンが応対する。

待合室に立っていたのは——。

「え？」

グレンは声をあげた。

そこに立っていたのは、シスター服を着た女性だった。グレンの知る限りそのような服装をしているものは一人しかいない。

「モーリー……さん？」

墓場街の支配人、モーリー・ヴァニタスによく似ていた。

だが、服の細部が違う。胴と両手には鎧《よろい》のような意匠《いしょう》が施《ほどこ》されており、シスター服のスカートも深いスリットが入っている。靴には光る翼のような装飾があった。グレンの知るモーリーの服にそんなものはない。

そしてなにより。

来客は、首と胴が離れていた。

「っ！」

モーリーが自分の首を小脇《こわき》に抱《かか》えている。

抱えられたモーリーの頭部は、目を閉じていた。生きているのか死んでいるのかもわからない——いや、古代生物であるモーリーに、死はないのかもしれないが。

それでも。

この存在がなんなのか、グレンにはわからなかった。

(首がないのは……希少種族《きしょう》、デュラハン!?)

西の果てにごく少数からなる部族を形成しているという、その種族を思い出した。

生物とも、妖精の眷属《けんぞく》とも言われ、資料も極端に少ない。グレンもついぞ目にする機会はなかったので、目の前の存在がデュラハンに当てはまるのかもわからない。

むき出しの首からは、蛍光色の炎のようなものが揺らめいている。よくよく見れば、その炎は蝶《ちょう》の形を成して、デュラハンの身体から離れたかと思いきや、すぐに霧散《むさん》した。

形成と飛翔《ひしょう》を繰り返す蝶の炎。

蝶は——東では、死者の魂が姿を変えたもの、と言われる。

「っ——」

グレンは、動けなかった。金縛《かなしば》りにあったかのように。

伝承においては。

デュラハンは、これから死ぬものの前に現れるという——そんな彼女が、一歩前に踏み出す。

「…………っ!?」

ぞわりと全身が総毛立《そうけだ》つ。

逃げることはできなかった。ゆっくりと近づく相手に、グレンは何もできない。ただただ、

暑さで朦朧《もうろう》とした意識の中、なんとかしなければと思うばかり。

首がないその修道女は、手にしたスコップ型の槍《やり》で、グレンの胸を貫《つらぬ》いていた。

「ッ」

ああ。

死ぬ。

その直感だけがグレンの中にあり、そのまま、彼の意識は暗闇《くらやみ》へと落ちた。目の前のデュラハン——モーリーに似た首なし女は、一切の感情を見せぬまま、細い目でグレンを見下ろしている。

「あ」

最後だけでも、サーフェの名を呼びたかった。

だがグレンの口から出るのは、か細い断末魔《だんまつま》だけ。

真夏の夜の夢のような——とても非現実な惨劇《さんげき》であった。

サーフェが診療所に戻り、脈のないグレンを見つけるのは、それから間もなくのことであり——。

グレンが死んだという噂《うわさ》が巡るのに、一日もかからないのであった。

あとがき

皆様こんにちは、折口良乃《おりぐちよしの》です。

アニメ放送も終わり、忙しい日々も一段落――しませんね。なかなかね。アニメ作業が多くて専業になったこともあり、常《つね》に仕事回してないと不安な日々でございます。

コロナで大変な昨今ですが、どうにかこうにかやっていきたいと思います。


まずはアニメ放送にあたりまして。

見てくださった皆様、作り上げてくださったスタッフ、キャストの皆様、本当にありがとうございます。ラノベ作家として一つの夢であるアニメですが、とてもいい形で放送まで持っていけたと思っております。

たとえ1クールのアニメであろうと、とても多くの人の努力が集まることで完成するものなのだ――と、ひたすらに感動しております。

このような趣味満載の作品をアニメにして頂いて、本当にありがとうございます。

さて、9巻ですが。

若い子たちがてんやわんやしていますね。

コウモリのエコーロケーションをネタに使おうと思って調べたのですが、調べれば調べるほど、コウモリという生物の奥深さ、その聴覚のすごさに驚くばかりです。自然、生物、本当にすごいですね。

鳥の『尾脂《びし》』にも感動しています。へえ、そんなところにそんな脂《あぶら》を分泌《ぶんぴつ》する孔《あな》が——これはえっちな診療に、いやいや健全な診療に活用できるな！　と感動しました。生物の構造はまだまだ勉強することばかりですね。

そしてなんと、ラストがとんでもないことになりましたね。

なんでこうなったかというと、デュラハン娘を出したかったんです——グレンがどうなるのかは、次巻をお楽しみに。


それでは謝辞《しゃじ》を。

編集の日比生《ひびう》さん。いつも本当にありがとうございます。教えていただいた焼肉屋さん、作家仲間で行ったら大好評でした。

イラストレーターのZトン《ぜっ》先生。今回は健康的なイリィをありがとうございます。光の描き方に、更《さら》に磨《みが》きがかかっているのではないかと。

コミカライズの鉄巻《かねまき》とーます先生。またゼロコミカライズ担当の木村光博《きむらみつひろ》先生。ご両名にも大変お世話になっております。いつもありがとうございます。

またいつもつるんでくださる作家の皆様方。ツイッター等で交流してくださる漫画家、イラストレーターの皆様。人外オンリー主催S-BOW様、ならびにスタッフの皆様。全国の書店員の皆様。COMICリュウの担当様ならびに編集部様。ゼロコミカライズの担当様。コロナでほぼ顔を見る機会のなくなってしまった家族。細かいところまできっちり指摘をくださった校正様。

そして誰よりも読んでくださった皆様へ、最大限の感謝を。

次巻はいよいよ、大台の10巻です。
そしてなんと最終巻です！　いや、終わるのかよと！
ここまで描いてきたものを最高の形で終わらせたいと思っております。そして終わらせればもちろん、次もあるわけで――。

そのためにたくさん準備をしております。いまだ、私の頭の中だけですが！

が、頑張るので、頑張っていいものを描きますので、少々お待ちいただければと思います。

なにとぞ、なにとぞよろしくお願いいたします——。

折口　良乃

この作品の感想をお寄せください。

あて先　〒101-8050　東京都千代田区一ツ橋2-5-10
集英社　ダッシュエックス文庫編集部　気付
折口良乃先生　Zトン先生

ダッシュエックス文庫

モンスター娘のお医者さん9

折口良乃

2021年 2 月28日　第1刷発行

★定価はカバーに表示してあります

発行者　北畠輝幸
発行所　株式会社　集英社
〒101−8050　東京都千代田区一ツ橋2−5−10
03（3230）6229（編集）
03（3230）6393（販売／書店専用）03（3230）6080（読者係）
印刷所　図書印刷株式会社

ISBN978-4-08-631403-9 C0193

ダッシュエックス文庫

モンスター娘のお医者さん

折口良乃
イラスト／Z《ぜっ》トン

モンスター娘のお医者さん2

折口良乃
イラスト／Z《ぜっ》トン

モンスター娘のお医者さん3

折口良乃
イラスト／Z《ぜっ》トン

モンスター娘のお医者さん4

折口良乃
イラスト／Z《ぜっ》トン

ラミアにケンタウロス、マーメイドにフレッシュゴーレムも！　真面目に診察しているのになぜかエロい!?　モン娘専門医の奮闘記！

ハーピーの里に出張診療へ向かったグレン達。飛べないハーピーを看たり、蜘蛛娘に誘惑されたり、巨大モン娘を診察したりと大忙し!?

風邪で倒れた看護師ラミアの口内を診察!?　卑屈な単眼少女が新たに登場のほか、厄介な腫瘍を抱えたドラゴン娘の大手術も決行!!

街で【ドッペルゲンガー】の目撃情報が続出。同じ頃、過労で中央病院に入院したグレンは、ある情報から騒動の鍵となる真実に行きつく。

モンスター娘のお医者さん0
折口良乃
イラスト／Z《ぜっ》トン

グレンとサーフェのアカデミー時代を描いた公式スピンオフ！　ケルベロス、ドール、カイコガ…今回もモン娘たちを診療しまくり！

劣等眼の転生魔術師
～虐げられた元勇者は未来の世界を余裕で生き抜く～
柑橘ゆすら
イラスト／ミユキルリア

眼の色によって能力が決められる世界。未来に魂を転生させた天才魔術師が、魔術が衰退した世界で自由気ままに常識をぶち壊す！

劣等眼の転生魔術師2
～虐げられた元勇者は未来の世界を余裕で生き抜く～
柑橘ゆすら
イラスト／ミユキルリア

成り行きで魔術学園に入学したアベル。だが最強の力を隠し持つ彼を周囲の人間が放っておかない！　世界の常識をぶち壊す第2巻！

劣等眼の転生魔術師3
～虐げられた元勇者は未来の世界を余裕で生き抜く～
柑橘ゆすら
イラスト／ミユキルリア

最強魔術師アベル、誰にも心を開かない「氷の女王」に懐かれる!?　一方、復讐を目論むテッドの兄が不穏な動きを見せていたが…？

ダッシュエックス文庫